# 13 STORIE BREVI

Cathy McGough

Stratford Living Publishing

Questa versione è stata pubblicata nel settembre 2024.



ISBN BROSSURA : 978-1-998480-38-8

ISBN ebook: 978-1-998480-39-5



Cover art powered by Canva Pro.

# COSA DICONO I LETTORI...

## VINO DANDELION

US

"**VINO DANDELION**" è una storia breve che fa stare bene, anche se l'epilogo mi ha fatto sentire un po' triste per come le cose cambiano. È stato bello visitare brevemente un'epoca in cui le cose erano diverse".

"Una breve e dolce storia sul viale dei ricordi di una vita semplice in un'adrenalinica giornata estiva".

## LA STELLA PIÙ BRILLANTE

"L'amore non fallisce mai. La vita d'amore di Linda e William è riassunta in questo breve racconto. Una storia di frustrazione e di lotta, ma di amore che non viene meno".

## LA RIVELAZIONE DI MARGARET

Il Canada

"Ho iniziato a leggere questa novella pochi minuti dopo averla acquistata e, una volta iniziata, ho dovuto finirla. Mi è piaciuta molto questa storia. È ben scritta e non si può fare a meno di provare affetto per la protagonista. E la sorpresa finale mi ha fatto cadere la mascella".

## DARRYL E ME

U.S.

"Spaventoso. Una breve storia agrodolce sulla tragedia di una donna e sul suo tentativo di affrontarla durante la gravidanza".

U.K.

"Grande storia. Emozioni eccellenti. Mi sono sentita davvero vicina a Cath e Darryl".

**L'OMBRELLO E IL VENTO**

U.S.

"La fantascienza più moderna e attuale. Una lettura breve e piacevole".

"L'autrice ha scritto un'immaginifica storia di fantascienza che suscita un vento pericoloso, un ombrello che vola, una bottiglia verde che gira e altro ancora. Una storia breve con un'azione veloce".

In India

"Che viaggio emozionante! Il flusso è velocissimo e la scrittura coerente e scorrevole. In qualche modo, mi ha ricordato Jerome K Jerome e Tre uomini in barca".

U.K.

"La madre dei brutti weekend incontra l'alieno. Scritto con un'arguzia asciutta, questo è un racconto bizzarro con un massiccio oggetto verde alieno, ombrelli e pistole. Una storia estremamente fantasiosa, se non addirittura strampalata, che vi terrà con il fiato sospeso fino all'ultima pagina. Cathy McGough ha dato il massimo dei voti all'immaginazione creativa. Potrebbe farvi ridere ad alta voce e rovesciare il caffè".

**DESIDERIO DI MORTE**

U.S.

"L'ho letto in mezz'ora ieri sera, dopo essere andata a letto. Mi sono sentito triste per quest'uomo che sentiva che la sua vita era inutile. McGough conduce il lettore fino al limite, e anche quando ha superato il punto di non ritorno, non si ha idea di come andranno a finire le cose. Un'ottima storia da leggere durante il pranzo o la pausa caffè".

"Mi è piaciuta la creatività di Cathy McGough nel produrre una breve novella di 20 pagine con una grande esperienza di cambiamento di vita di un uomo che non riusciva a trovare il suo scopo di vita".

"Avevo questo libro nel mio KIndle da un po', ma quando finalmente mi sono decisa a leggerlo, non l'ho messo giù finché non l'ho finito. Sebbene sia una lettura molto breve, la trama e i personaggi sono pienamente sviluppati. Mi è piaciuto molto".

"Sembra un episodio di Tales from the Crypt o di Twilight Zone".

"Mi è piaciuto molto e mentre leggevo mi chiedevo PERCHE'? Quando l'ho scoperto, sono rimasta inorridita: questo genere di cose è il mio peggior incubo".

US E U.K.

"L'autore usa abilmente il monologo interiore del personaggio per rivelare la sua vita e la decisione che sta prendendo. Mi ha catturato fino alla fine. Questa storia abilmente raccontata è una lettura molto divertente e la consiglio vivamente".

# Indice dei contenuti

# Dedicazione

PER DIANNE

# Prefazione

Cari lettori,

grazie per aver scelto questa raccolta di racconti che comprende sei dei miei preferiti e sette nuovi racconti che ho scritto durante la pandemia.

Si dice "via il vecchio e dentro il nuovo", ma io dico di guardare l'intero panorama.

Buona lettura!

Cathy

# VINO DANDELION

ERA IL 1967 E l'estate era quasi finita quando trainai il mio sgangherato carro rosso lungo una strada senza uscita di ciottoli. Il suono delle ruote del mio carro era familiare alla gente che percorreva la strada.

"Bella giornata per una passeggiata", dicevo.

"Lo è certamente. E ora buona giornata", mi rispondevano.

Se io e la mia amica Sandra eravamo fortunate, ci portavano acqua ghiacciata, cola o limonata. Anche se non abitavamo nelle vicinanze, la maggior parte ci trattava con gentilezza. La maggior parte, ma non tutti i proprietari di casa.

Papà mi diceva sempre: "Non essere una peste", e io non lo ero. Mi sono sempre fatto gli affari miei. Non mi sono dilungato e non ho cercato di attirare l'attenzione su di me. Potevo forse evitare che le ruote che scricchiolavano stridessero?

Ero una ragazza con uno scopo, quindi non importava che le braccia mi facessero male anche se desideravo che crescessero più velocemente. Non importava quando il carrello si rovesciava in una buca o quando rotolava nel fosso.

Eppure, la donna pazza in una delle case era nella mia mente. Temevo di passare davanti a casa sua da sola.

In altre visite ci aveva urlato contro per non aver fatto nulla. O ci ha imprecato contro. Una volta aveva persino mandato fuori il suo cane, sbavando e abbaiando. Il bastardino proteggeva la strada come se fosse una parte della sua proprietà. Ho dato un'occhiata al tetto, dove la vecchia bandiera canadese sventolava nella brezza. Alcuni dicevano che si rifiutava di sventolare la nuova bandiera con la grande foglia d'acero. Lei e il suo cane mi facevano venire i brividi.

Il mio respiro si accelerò quando mi avvicinai alla temuta casa. Poiché era una strada senza uscita, non avevo altra scelta che passare. Mi fermai e guardai indietro per vedere se Sandra stava arrivando. Non c'era ancora traccia di lei.

Poi mi ricordai che avevo in tasca la zampa di coniglio portafortuna della nonna. Mi diede coraggio. Tirai il carro con entrambe le braccia e mi affrettai a passare.

Sapevo che la vecchia signora Macguire era lì. Non avevo bisogno di vederla. Potevo sentirla. Nella casa a sinistra, dietro le tende. Mi guardava male. Odiava i bambini, tutti i bambini.

Qualche casa dopo, per poco non inciampai nei lacci delle scarpe. Ho tenuto fermo il vagone prima di accovacciarmi per riallacciarlo. Mentre lo facevo, diedi un'occhiata alle mie spalle e vidi le tende agitarsi. Ormai non aveva più importanza. Ero fuori dalla portata del suo malocchio.

"Ehi, aspetta! Aspetta!", il suono della voce della mia amica accompagnava i suoi sandali che toccavano la strada sassosa. Finalmente la mia migliore amica ce l'aveva fatta. Sandra era sempre in ritardo su tutto.

Mi voltai nella sua direzione e la guardai correre davanti alla casa della vecchia signora Macguire. Era senza fiato quando mi raggiunse. Cademmo l'una nelle braccia dell'altra. Entrambe eravamo riuscite a superare la dimora della vecchia strega.

"Era ora!" Dissi con un po' di impazienza quando ci separammo.

"Scusa, avevo delle faccende da sbrigare e mamma era decisa a spazzolarmi i capelli. Ha detto che ero una vergogna pubblica!".

"Il tuo vestito è carino", dissi notando le pieghe e i fiocchi che ornavano le due tasche anteriori. Era bello e del tutto inappropriato per raccogliere frutta.

Sandra afferrò la metà del manico del carro con una mano e con l'altra fece pressione sul davanti del vestito. "Odio il rosa", disse.

La sua mano accanto alla mia si adattò perfettamente e riuscimmo a tirare il carro fianco a fianco con facilità.

"Mamma mi ha fatto promettere di fermarmi al negozio all'angolo mentre tornavo a casa e di comprare una pagnotta". Si frugò in tasca: "Vedi, mi ha dato ventiquattro centesimi, più un nichelino per dividerci un ghiacciolo alla banana".

"Oh, questa è una cosa da aspettare con ansia". La banana era il nostro gusto preferito.

Continuammo a camminare. Un cane abbaiò da qualche parte dietro di noi.

"Per avere i soldi del ghiacciolo ho dovuto indossare questo stupido vestito".

"Non è stupido", dissi mentendo e desiderando di avere un bel vestito mio da poter indossare in un giorno che non fosse un giorno di chiesa. Con due fratelli, una sorella e un altro bambino in arrivo, non era probabile che avrei avuto un vestito nuovo a breve.

Sandra sussurrò: "L'hai vista?". Sapevo che intendeva la vecchia signora Macguire. "Hai sentito il suo occhio maligno su di te oggi?".

"No, perché ho incrociato le dita e gli occhi". Mentii.

"Bella pensata", disse spostando la maggior parte del peso sul fianco e chiedendo: "Vuoi che ti sostituisca e tiri per un po'?".

"No, potresti sporcare il vestito". Sandra ridacchiò. "È più divertente insieme", dissi mentre passeggiavamo davanti alla casa del signor Holiday e poi a quella dei signori Lontra.

Quasi a destinazione, diventammo silenziosi. Come migliori amici non dovevamo parlare tutto il tempo. Lo scopo del nostro viaggio era comune e dipendeva dai cespugli di ribes nero della signorina Virginia Martin. Se c'era abbondanza di ribes, poteva lasciarci prendere una parte. Se il raccolto fosse stato scarso, il nostro viaggio sarebbe stato inutile.

"Non vedo l'ora di vedere quanta frutta c'è", dissi.

"Ho la sensazione che saremo fortunati", disse Sandra.

Ci fermammo a guardare la casa della signorina Virginia. Il giardino davanti era sempre immacolato, come se il vento sapesse che la spazzatura e le foglie dovevano essere spazzate via per non rovinare il suo bel prato.

Fin da quando ero piccola, cercavo sempre le facce amiche nelle case. La mamma diceva che era un'abitudine che avrei abbandonato col tempo.

La casa della signora Virginia aveva un volto insolito ma gentile, con due finestre rotonde in alto. Quando le tende erano tirate a metà o completamente giù, sembravano palpebre. Questa caratteristica era diversa da tutte le altre case che avevo visto.

Tra gli occhi cresceva un naso. Un naso fatto di mattoni. La differenza era che questi mattoni erano in piedi, mentre il resto dei mattoni era di lato. Mi sono venuti i brividi, perché era come se il costruttore sapesse che stava creando una caratteristica del naso solo per me. So che probabilmente sembra una sciocchezza.

Poi la bocca sottostante, formata dalle doppie porte. Una vetrata in alto la faceva sembrare una fila di denti con l'apparecchio.

Mi piaceva stare a guardare la casa perché era anche un luogo dove la natura prosperava. Ridevo ricordando come l'edera che cresceva selvaggiamente a volte faceva sembrare che la casa avesse i baffi o la barba.

Notai che Sandra stava canticchiando Penny Lane. Canticchiava sempre quando si annoiava. I Beatles andavano bene, ma io preferivo gli Stones.

Sandra si scostò i capelli biondi dal viso, mentre le mosche le ronzavano intorno come se il suo sudore fosse un invito a sciamare.

Lasciai la presa sul carro e mi misi in punta di piedi per vedere oltre la recinzione. Speravo di essere abbastanza alto questa volta, ma non ebbi fortuna. Sandra fece un tentativo, essendo un po' più alta, ma non riuscì a vedere oltre. Tenevo il carro fermo mentre Sandra saliva e cercava di vedere oltre, ma neanche quello serviva.

"Penso che sia meglio andare lassù e chiedere", disse Sandra.

"Mi sembra giusto".

Tirammo il carro sul prato della signorina Virginia e lo parcheggiammo, poi ci incamminammo per il lungo vialetto che era fiancheggiato da fiori. I girasoli facevano cenni con la testa, inchinandosi a noi come se fossimo dei reali che passavano in mezzo a loro. Qualche dente di leone si dimenava all'ombra del cugino.

"Ricordi quando mio padre ci fece assaggiare il vino di tarassaco che aveva fatto?".

"Era la cosa più terribile che abbia mai assaggiato", disse Sandra.

"Lo so, ma non dovevate comunque sputarlo". Ridemmo ricordando gli schizzi di vino sulla camicia di papà. "Papà ha pensato che sei stata molto maleducata".

"Non volevo esserlo". Si guardò i piedi. "Ehi, sapete una cosa? Potremmo chiedere dei girasoli e venderli".

"Sono belli, ma atteniamoci al piano. La signora Smith ha detto che ci pagherà due quarti di dollaro (cinquanta centesimi) per tutti i ribes neri che riusciremo a portare, quindi abbiamo già un compratore. Non conosciamo nessuno che voglia i girasoli".

"Ho solo pensato che qualcuno potrebbe volere i semi. Ma va bene".

Lanciai un'occhiata al mio amico e scelsi di non aggiungere altro alla questione.

In fondo alle scale, ci siamo riuniti per riflettere. Per esperienza, sapevamo che non era importante quello che dicevamo, ma come lo dicevamo.

L'ultima volta avevamo fallito, miseramente. La signorina Virginia disse che il ribes nero non era ancora pronto. Disse che era entusiasta di creare nuove ricette per la Fiera d'Autunno.

La signorina Virginia era famosa nella nostra contea, avendo vinto numerose medaglie d'oro per ricette legate al ribes nero. Spesso la sua foto compariva sul giornale locale, a volte anche sulla prima di copertina.

Quindi, tenere il frutto per sé era un suo diritto, ma il mondo era fatto di condivisione. Speravamo di convincerla a destinarci una porzione di ribes nero.

In quella visita, la delusione deve essere apparsa sui nostri volti, perché la signorina Virginia ci invitò ad aiutarla a raccogliere mele e pere. Ci offrì di pagarci dieci centesimi a testa, ma non furono sufficienti per ottenere ciò che volevamo. La ringraziammo per la sua offerta gentile e generosa, ma rifiutammo.

"E se dice di no?" Chiese Sandra, trasalendo mentre mi guardava negli occhi.

Allungai la mano e toccai i lunghi capelli biondi della mia amica, poi diedi una tiratina alla ciocca. "Dai, scopriamolo".

Sandra iniziò a correre, ma io la raggiunsi in tempo e le dissi a voce alta "DECORUM", al che Sandra rispose: "Eh?". "Rallenta", sussurrai. "Ricordati che siamo signorine".

Ridacchiammo. Sandra si lisciò di nuovo il davanti del vestito.

Io tirai fuori le mani dalle tasche e mi avvicinai al battente. Prima ancora di toccarlo, la signorina Virginia spalancò la porta. Sorrideva, non solo con la bocca ma anche con gli occhi. Era felice di vederci, era un buon segno.

"Chi abbiamo qui in questa bella mattina?", chiese, sapendo bene chi aveva davanti perché Sandra e io eravamo tornate per tutta l'estate. Eravamo salite sul suo portico più di una dozzina di volte per chiedere del ribes nero.

"Siamo noi, io e Sandra", dissi e le due fecero una specie di inchino. Era il nostro miglior tentativo di fare l'inchino, anche se la vera Regina d'Inghilterra non l'avrebbe pensato. La signorina Virginia applaudì.

"Bene, bene", disse la signorina Virginia, guardandoci dall'alto in basso. Sandra nel suo bel vestito rosa e io nella mia salopette. "Voi due non sembrate...". Esitò. "Voi ragazze mi ricordate...". Fece una pausa, le sue parole e la sua espressione facciale si bloccarono. I suoi occhi divennero tristi, solo per un secondo. Sorrise. "Voi due sembrate un quadro, anzi, vorrei farvi una foto, se non vi dispiace".

Il suo passaggio da felice a triste e di nuovo a felice mi fece venire il mal di stomaco. Guardai Sandra e accettammo. La signorina Virginia ci invitò a entrare per aspettare mentre preparava la macchina fotografica. Nell'altra stanza la sentivamo aprire e chiudere cassetti.

"Sono preoccupata per il carro", sussurrò Sandra.

Mi tirai indietro e guardai fuori dalla finestra. "È tutto a posto". Da allora tenni d'occhio il carro perché non volevo che sparisse di nuovo.

Come quella volta che eravamo entrati a bere un bicchiere di limonata. Quando siamo usciti non c'era più. Camminammo e camminammo per cercarlo, ma del carro non c'era traccia.

Io e Sandra tornammo a casa. Ero terribilmente sconvolta, piangevo come una bambina. Il carro significava molto per me, con le ruote cigolanti e tutto il resto. Era stato un regalo di Natale dei miei nonni.

I nostri genitori e i nostri amici lo cercarono finché non si accesero le luci della strada. Il giorno dopo mettemmo un annuncio sul sito degli oggetti smarriti. Fu trovata oltre la zona boschiva, rovesciata nel campo di un contadino.

Noi, Sandra e io sapevamo chi l'aveva messa lì. Naturalmente era stata la vecchia signora Macguire, ma non avevamo prove. Papà diceva che non bisogna mai accusare nessuno senza prove, ma noi l'avevamo vista osservarci con il suo occhio maligno.

Proprio in quel momento la signorina Virginia tornò portando con sé una Kodak Instamatic. Ne avevo visto la pubblicità nella copia di Life Magazine di papà. La 104 era una vera bomba.

"Venite qui, ragazze".

"La luce non sarebbe migliore fuori?". Chiesi.

Lei sorrise e aprì la porta d'ingresso.

Aspettammo sul portico, cercando di non agitarci troppo mentre la signorina Virginia decideva dove metterci per ottenere la luce migliore.

Mi appoggiai alla parete del portico, cercando di scorgere i cespugli di ribes nero, ma non fu possibile.

"Hmmm", disse la signora Virginia, "perché non andiamo in giardino? Con tutto quello che sta fiorendo, potremmo fare delle foto meravigliose".

Sandra e io sorridemmo.

Scendemmo le scale. Sandra arrivò in fondo con un balzo veloce, con mio grande dispiacere. Alla signorina Virginia non sembrò importare. Passeggiammo dietro di lei, cogliendo ogni parola. "Qui è dove cresce il prezzemolo e qui ci sono i miei pomodori. Come sono cresciuti in altezza quest'anno. Non c'è niente di meglio della salsa di pomodoro fresca. E qui c'è il mio campo di denti di leone. Li uso per fare il vino di tarassaco".

Sandra sussultò e fece una smorfia.

La signorina Virginia non sembrò accorgersene. "E qui c'è il mio campo di ribes nero, ma naturalmente voi ragazze lo conoscete già".

Cercai di non sembrare troppo eccitata e gettai un'occhiata alle spalle del carro per valutare quanto potevamo trasportare in un solo viaggio. Avrei voluto portarlo con noi in giardino.

Sentii il braccio di Sandra sfiorare il mio. Notai che aveva la bocca spalancata mentre guardava il ribes. Sembrava un cane in attesa della cena.

"Io la chiuderei, signorina", esclamò la signorina Virginia, "a meno che non voglia prendere qualche mosca".

Sandra nascose la bocca dietro la mano.

La signorina Virginia rise quasi di gusto mentre guardavamo i cespugli di ribes nero in piena fioritura. I frutti erano appesi lì, pronti per essere raccolti. Tanti e tanti ribes. Eravamo così eccitati che emettemmo uno strillo.

"Prima le foto", ci ricordò la signorina Virginia. La signorina Virginia cercò di trovare la migliore angolazione possibile, considerando che gli alberi si allungavano alla luce del sole, creando ombre.

Mi resi conto che con così tanti ribes pronti per essere raccolti, la signorina Virginia avrebbe avuto bisogno del nostro aiuto e avrebbe dovuto offrirci più soldi di quando ci aveva chiesto di raccogliere le mele e le pere. Con le mele e le pere eravamo limitati a ciò che potevamo raggiungere. Con i cespugli di ribes nero, potevamo camminare e raccogliere ogni singolo ribes.

"Possiamo raccoglierne un po' adesso?". Chiese Sandra.

Scossi la testa sperando che non avesse sprecato le nostre possibilità.

"Vorrei fare una foto con i cespugli di ribes nero dietro di voi. Attenzione, non schiacciateli e non staccate i frutti e, per carità, non mangiatene prima della foto o le vostre mani e le vostre bocche si macchieranno. Oh, mi sono appena ricordato. Ora, ragazze, aspettate qui mentre io entro un attimo".

Da sole, posizionate davanti ai ribes, era come se ci chiamassero per nome. Ci agitammo. Abbiamo aspettato. Cercammo di non ascoltare il sussurro dei cespugli di ribes nero. Ci hanno invitato a sceglierne uno. Ad assaggiare.

"È una follia", disse Sandra. Aprì e chiuse i pugni. Si girò e affrontò i cespugli di ribes nero.

Mi girai anch'io. "Sono d'accordo. Ma se aspettiamo i ribes neri, faremo abbastanza soldi vendendoli in un pomeriggio".

"Giusto", disse Sandra, osservando i grappoli di frutta. "Ma ho bisogno di averne uno".

"Non farlo", dissi.

"Ma lei non lo saprà mai!".

"Va bene, scegliamo una bacca".

"Ma sono così piccole".

Sandra ne scelse uno e anch'io lo presi. Lo misi in bocca e il dolce e l'aspro mi fecero venire voglia di un altro. E un'altra ancora. Ne prendemmo una manciata e le buttammo in bocca. Il succo di ribes mi ricoprì la lingua.

La signora Virginia tornò in giardino.

Dovevamo essere uno spettacolo. Sandra con il succo sbavato sul viso e sul vestito. Io che nascondevo le mani in tasca.

La signorina Virginia non si arrabbiò con noi. Al contrario, disse: "Oh mio, guarda il tuo bel vestito". Scosse la testa. Si allontanò. "Per oggi è tutto, ragazze. Ora andate a casa".

"Ma signorina Virginia. E i ribes neri?".

"Sì", disse Sandra, "ci dispiace di non aver aspettato, ma ci stavano chiamando".

La signorina Virginia rise. "Mi ricordo quando chiamavano me e le mie sorelle".

Tornò ad essere triste e il mio stomaco fece quella cosa strana. "E le foto?"

La signorina Virginia ci chiese di prendere posto e poi disse: "Dite cheese". Dopo qualche foto chiese: "Perché siete così interessate al mio ribes nero?".

Sandra mi sussurrò all'orecchio e accettammo di raccontarle tutto.

"Signorina Virginia, vogliamo guadagnare abbastanza soldi per scambiarci i braccialetti dell'amicizia. Li abbiamo visti al mercato e costano un quarto di dollaro al pezzo", disse Sandra.

"La signora del mercato li fa lei stessa. Ha detto che potremmo fare una cerimonia di amicizia e poi saremmo migliori amiche per tutta la vita".

La signorina Virginia all'inizio non parlò. Si allontanò dal cancello e noi la seguimmo. Si fermò e toccò le facce dei girasoli, come se i fiori fossero vecchi amici. Sembrava persa nei suoi pensieri.

Mi chiesi se non stessimo chiedendo troppo e offrendo troppo poco in cambio.

"Venite con me", disse la signorina Virginia mentre iniziava a raccogliere i denti di leone. Quando le sue braccia furono piene, ne passò alcuni a Sandra, ne raccolse altri e li passò a me. Non avendo ancora finito, ne raccolse altri e li tenne nella parte anteriore del vestito. Si sedette e fece un mucchio di quelli che aveva raccolto. Ci chiese di unire i nostri fiori ai suoi. Ci sedemmo anche noi, Sandra da una parte e io dall'altra.

La signorina Virginia raccolse un singolo fiore, poi un altro. La guardammo mentre infilava l'unghia negli steli e lasciava scorrere il latte del dente di leone. Nonostante le sue dita diventassero appiccicose, continuò a infilarle insieme creando un filo di denti di leone. Finito un filo, ne ha iniziato un altro.

"Vedete questa sostanza lattiginosa?" Chiese la signorina Virginia. Abbiamo annuito. "Cosa pensate che sia?".

"È sangue?" Chiese Sandra.

Me lo chiesi anch'io, ma non volevo dirlo perché non avevo mai sentito parlare di sangue bianco. Non azzardai ipotesi e scrollai le spalle.

"Avete mai sentito parlare di lattice?".

Scuotemmo la testa.

"Lo usano per fare la gomma".

"Vuoi dire come la mia palla di gomma indiana?".

"Rimbalza molto in alto!". Disse Sandra.

"Sì, ragazze, avete capito bene. Ecco perché è così appiccicosa". Continuò a infilare i fiori. "Li facevamo io e le mie sorelle quando avevamo la vostra età".

"Cosa è successo a loro, cioè alle tue sorelle?". Chiese Sandra.

"Sono in paradiso", disse, mentre iniziava un terzo filo di fiori.

"Almeno sono insieme".

La signorina Virginia mi accarezzò la mano. "Sei molto matura per la tua età, vero? Hai detto che hai appena compiuto sette anni?".

"Sì."

"E tu Sandra?".

"Anch'io ho sette anni".

La signorina Virginia fissò il cielo e per qualche istante osservammo le nuvole che veleggiavano sopra di noi.

"Quella sembra un orso", dissi indicando il cielo.

"E quella sembra una grande massa di niente", disse Sandra.

Ci mettemmo a ridere. La signorina Virginia aveva una risata deliziosa. "Ora, chi è il primo?", chiese, e siccome ero più vicina a lei mi prese il braccio. Mi mise il filo di fiori intorno al polso e chiuse il cerchio: era un braccialetto. Fece lo stesso con il polso di Sandra, poi chiuse il terzo intorno al suo.

"Ah", disse la signorina Virginia notando che le erano rimasti parecchi denti di leone. Cominciò a metterli insieme fino a quando non ne rimase più nessuno. Si alzò in piedi. Ci alzammo anche noi.

La signorina Virginia pose il filo di fiori sulla testa di Sandra. "Si chiama ghirlanda", disse. "Ne vuoi una anche tu?".

"No, grazie", dissi.

"Potrei farti una bella collana?".

Mi guardai i piedi. "Non vorrei consumare tutti i denti di leone. Ti servono per il vino".

Sandra incrociò gli occhi e tirò fuori la lingua.

La signorina Virginia non prestò attenzione alla smorfia di Sandra.

"Oh, non c'è problema", disse la signora Virginia, "ne ho ancora un po' dall'anno scorso" e cominciò a raccogliere. Ci unimmo e, lavorando tutte e tre insieme, in breve tempo mi ritrovai con una bellissima scollatura solare. Quando giravo, girava anche quella.

Soddisfatte dei nostri ornamenti, Sandra e io non avevamo fretta di partire e passammo il pomeriggio a togliere le erbacce e a riordinare il giardino.

Quando era quasi ora di cena, dicemmo che dovevamo andare.

"Aspettate qui un momento", disse la signora Virginia. Tornò con una salvietta, una bacinella piena d'acqua e il suo portafoglio. "Posso?

Quando Sandra annuì, la signorina Virginia immerse il panno nell'acqua e sollevò la macchia dal vestito di Sandra. "Si asciugherà mentre tornate a casa". Usò il panno sulle nostre mani e sui nostri volti.

"Grazie", dicemmo.

"Oh, e un'altra cosa", disse lei, che prese il suo portafoglio e ci passò due quarti di dollaro.

Alla fine potevamo comprare i braccialetti dell'amicizia!

Senza esitare o consultarci, abbiamo rifiutato con gratitudine.

Alla signorina Virginia non sembrò dispiacere. "Ci vediamo l'anno prossimo", disse prima di chiudere la porta d'ingresso.

Tirammo il carro vuoto lungo la strada dissestata, tenendo il manico con attenzione per non danneggiare i braccialetti.

"Forse l'anno prossimo?" Chiese Sandra.

"Sì, forse l'anno prossimo", risposi. "Ora andiamo a prendere quella pagnotta".

Sandra si mise in tasca. Fece tintinnare gli spiccioli. "Non dimenticare il ghiacciolo alla banana".

Arrivati al negozio all'angolo, lasciammo cadere la maniglia e ci precipitammo dentro senza pensare alla vecchia signora Macguire.

## EPILOGO

Tornai in questa strada con mio figlio adolescente quarantasette anni dopo e, come potete immaginare, molte cose erano cambiate. Alcune in positivo e altre in negativo.

La strada non era più senza uscita. Era completamente asfaltata e allargata, quindi non c'erano più fossati. La maggior parte delle case era stata ricostruita con rivestimenti in legno e alluminio. Alcune erano dotate di antenne paraboliche.

Ora che la strada era aperta, lo spazio era occupato da una nuova strada, da molte case, da una torre di telefonia cellulare e da un impianto idroelettrico.

La casa della signora Virginia è stata abbattuta e trasformata in unità abitative. Il giardino sul retro è stato trasformato in un parcheggio.

La casa della vecchia signora Macguire è rimasta pressoché invariata, anche se le tende sono state sostituite da persiane californiane.

Sandra e io abbiamo preso strade diverse quando la sua famiglia si è trasferita al Nord. Tornò a casa nel 1975 e andammo a vedere il film Lo Squalo. Da allora ci siamo persi di vista.

Il mio vagone rosso è stato tramandato ai miei fratelli e alle mie sorelle, poi ai miei cugini. Se potesse parlare, avrebbe molte storie meravigliose da raccontare.

La sola menzione del ribes nero mi riporta ancora all'estate del '67.

# LA STELLA PIÙ BRILLANTE

ERA SERA TARDI E una giovane coppia si trovava sotto la coltre del cielo notturno senza ostacoli. Dietro di loro, un muro di sempreverdi profumati sorvegliava i confini.

Sotto la luna piena, William e Linda si tenevano per mano, anche se i loro occhi e i loro spiriti erano consumati dalle stelle.

Il cielo di mezzanotte spalancava le braccia sopra di loro. Nell'abbraccio della notte buia, hanno danzato lentamente sul repertorio selezionato del Northern Mockingbird, mentre stelle e lucciole si contendevano l'attenzione.

La coppia si sentiva come gli unici due esseri viventi rimasti sulla terra. Insieme erano ai confini del mondo, osservando e ascoltando, sposati con il cielo e, dopo che il tordo si era allontanato, con i suoni stimolanti del silenzio.

Finché una stella solitaria si accese, proprio lì davanti a loro, attirando l'attenzione su di sé. Una stella cadente. Che cade. Che brucia un sentiero attraverso il cielo. Sfrigolante, all'interno di una corrente elettrica invisibile, che accelera e cade.

"Sentite, avete sentito?" Chiese William.

"Sì, sembrava che gli angeli battessero le ali", rispose Linda.

Guardarono il velivolo che avanzava, cambiava rotta e poi spariva dietro una nuvola. L'esperienza di vederlo, di condividerlo, fece sentire la coppia parte di qualcosa di più grande dell'essere, qualcosa di ultraterreno.

Siamo tutti nati dalla polvere di stelle. Siamo collegati per sempre, sia i vivi che i morti.

Quando la stella non fu più visibile, la coppia si sedette insieme e aspettò che accadesse qualcos'altro. Nessuno dei due parlò, perché stavano trattenendo il ricordo, mescolando sentimenti e sensazioni. Incorniciando il momento nelle loro menti per sempre.

Linda e William sapevano una cosa con certezza: la natura era la chiave. Nei giorni in cui tutto sembrava impossibile, quando la vita era invivibile, una connessione spirituale con gli elementi li guariva. Dava loro speranza ed elevava i loro cuori, le loro menti e i loro corpi.

"Hai espresso un desiderio?" Chiese Linda mentre uno stormo di Canada Geeze si faceva strada nel cielo con il clacson.

"No, ho già te", rispose William mentre raccoglieva Linda tra le braccia. La giovane coppia continuò a guardare il cielo finché le oche non furono più viste né sentite.

Linda e William ne avevano passate tante insieme eppure, per ognuno, l'altro era sufficiente.

"Sai, potrei stare qui con te William per sempre e lasciare che il mondo passi. Non mi sembra che mi manchi nulla, e mi piace quando il mondo è silenzioso ed è quasi come se io e te fossimo abbandonati su un'isola tutta nostra".

William la abbracciò sempre più stretta e Linda ora era comodamente seduta sulle sue ginocchia.

Mentre si stringevano le mani, una sirena risuonò in lontananza. Si intrufolò momentaneamente nel loro piccolo mondo, finché William, con voce sussurrata, iniziò a recitare la sua poesia preferita di Walt Whitman:

"Quando ascoltai l'astronomo, quando le prove, le figure, furono disposte in colonne davanti a me, quando mi furono mostrati i grafici e i diagrammi, per sommarli, dividerli e misurarli, quando ascoltai l'astronomo mentre teneva una lezione con molti applausi nell'aula magna, ben presto, inspiegabilmente, mi stancai e mi ammalai, finché, alzandomi e scivolando fuori, mi allontanai da solo nell'umida aria mistica della notte e, di tanto in tanto, guardai le stelle in perfetto silenzio". *

Una sirena urlò in lontananza, interrompendo il momento. Seguita da un'altra e da una terza. Gli echi squarciarono la calma, ma solo per un tempo fugace come quello della stella. Uno che urla, uno che brucia. Entrambi avevano bisogno di andare da qualche parte, in fretta. Il primo è un suono brutto e duro, un suono che indica pericolo e caos. Un essere umano aveva bisogno di aiuto, immediatamente. Il secondo, una stella, belle ali d'angelo che sbattono, sta morendo. Fine.

Così è la vita e così è la morte. Finiamo tutti allo stesso modo, non importa quanto urliamo o quanto cerchiamo di distinguerci, di essere utili.

La coppia rimase seduta, completamente persa nel momento. Condividendo ogni respiro mentre la notte si dipanava intorno a loro. I grilli frinivano e le zanzare ronzavano. Gli alberi gemevano, esprimendo la loro indignazione per il vento che li aveva svegliati prematuramente.

Linda ricordava il giorno in cui aveva incontrato William per la prima volta. Erano al liceo e avevano sedici anni. Linda era la ragazza nuova, proveniente da una famiglia di militari che si spostava continuamente. Tuttavia, non aveva mai avuto problemi a inserirsi o a farsi degli amici perché era dolce e carina e la gente era attratta da lei. Il primo giorno che vide William sul campo da football, capì che era quello giusto per lei. Lui guardò nella sua direzione, sorrise e qualche tempo dopo le chiese di uscire. Ben presto diventarono una coppia, i fidanzatini del liceo. Destinati a stare insieme per sempre.

William era figlio unico e il suo primo amore era lo sport. Sperava di ottenere un passaggio gratuito in una delle migliori università con una borsa di studio per il football dopo il diploma. Quando non si allenava, giocava. Non era uno studioso, tutt'altro, ma ammirava il lavoro impegnativo ed era un ottimo giudice di carattere. Un giorno vide Linda che lottava per aprire il lucchetto del suo armadietto. Si offrì di aiutarla, ma si aprì appena glielo chiese. Dopo quel giorno, voleva chiederle di uscire, ma non lo fece fino al giorno in cui si scambiarono uno sguardo sul campo da calcio. Quando lei gli sorrise, lui capì che era quella giusta.

Purtroppo le loro carriere li portarono in direzioni diverse. Fu un addio strappalacrime per entrambi. Entrambi promisero di tornare a casa ogni fine settimana e di tenersi in contatto ogni giorno. All'inizio si mandavano messaggi e telefonate tutti i giorni, poi sono passati a un giorno sì e uno no, poi a una settimana. Ma andava bene così, perché tornavano comunque a casa ogni fine settimana, per vedersi e stare insieme. L'allontanamento e il riavvicinamento li ha resi più forti e più legati.

Poi è successo qualcosa, ma nessuno dei due sapeva con certezza cosa fosse. Forse erano troppo occupati, o forse la lontananza era diventata la nuova norma.

Desiderosi della reciproca compagnia, ma non potendola avere, hanno iniziato a frequentare altre persone. Accettarono di frequentare altre persone, per sondare il terreno, per così dire.

William uscì una o due volte, ma qualunque persona vedesse, non faceva altro che pensare a Linda. Si chiedeva cosa stesse facendo e con chi fosse. Cercava di non preoccuparsi quando la gente parlava di lei o la vedeva in un appuntamento, ma gli importava: la amava, era tutto per lui, ma se lei era felice, lui era abbastanza uomo da farsi da parte e darle il tempo di capire quello che già sapeva.

Anche Linda usciva, era uno schianto ed era intelligente. Cercò di allontanare William e i pensieri su di lui dalla sua mente. Provò di tutto, uscì con ragazzi diversi da William, ma mancava sempre qualcosa. Quando ha saputo che lui si vedeva con altre donne, ha tirato fuori il mento e ha detto: "Se può farlo lui, posso farlo anch'io". Una delle sue amiche, che segretamente voleva William per sé, la respinse e Linda continuò a frequentare un ragazzo che sapeva non essere adatto a lei. In realtà, nessuno dei ragazzi era all'altezza di William, perché lei amava lui e solo lui. Il suo cuore non poteva amare nessun altro.

Poi tornò a casa, e anche William era a casa, e corsero l'uno dall'altra proprio come facevano gli attori nei film e giurarono che, una volta diplomati, non si sarebbero mai più separati. E così accadde.

Quindici anni dopo, ancora sposati. Ancora insieme.

Anche quando hanno perso il lavoro. Lavorare nella stessa azienda aveva i suoi vantaggi, ma non quando l'economia andava male ed era l'ultimo ad entrare, il primo ad uscire. Linda fu licenziata per prima e si affannò a cercare un altro lavoro, ma con il bambino in arrivo decisero di rimanere nella stessa azienda, con William che lavorava a tempo pieno e godeva di tutte le indennità mediche e Linda che rimaneva a casa finché il figlio non fosse stato abbastanza grande da frequentare l'asilo nido (che l'azienda aveva in loco).

Invece di migliorare, l'economia peggiorò e presto anche William si ritrovò disoccupato. Entrambi facevano lavori saltuari, dove e quando potevano, dividendosi la cura del figlio perché assumere una baby-sitter sarebbe stato troppo costoso e avevano bisogno di ogni centesimo per continuare a pagare il mutuo.

Quando non si trovò più un lavoro, persero la casa. Avevano ipotecato fino all'ultimo, come tutti i loro amici, e poi erano rimasti senza casa. Hanno vissuto nella loro auto per qualche mese, finché i creditori non li hanno rintracciati e hanno pignorato anche quella.

Sono rimasti insieme, forti. Aggrappati l'uno all'altro.

Quando hanno perso il figlio, tutto è stato messo a dura prova. Niente assicurazione sanitaria, niente casa, niente indirizzo. Un virus, un'influenza, una polmonite e una notte se n'è andato.

La perdita di lui li ha quasi portati al limite. Traballavano e barcollavano, mentre le onde della disperazione li trascinavano a fondo, e le bottiglie di alcol per auto-medicarsi li tiravano su per qualche istante, poi li buttavano giù nei bassifondi e quasi li facevano a pezzi. Ora tutto ciò che avevano erano i ricordi del loro bambino e una foto incorniciata in una fessura di plastica al centro di un cuscino che portavano in uno zaino con un cambio di vestiti, articoli da toilette e un rotolo di carta igienica.

Poi hanno scoperto un legame con il figlio attraverso la natura. Camminavano, sempre più in alto, sentendo la sua presenza in relazione al cielo. Non avevano bisogno di nutrirsi o, quando lo facevano, trovavano qualcosa nella natura. Facevano il bagno nei ruscelli, mangiavano mele e bacche selvatiche. Dente di leone e asparagi selvatici. Teste di violino e scalogni. Crescione e riso selvatico del nord. Tutte prelibatezze che erano in grado di procurarsi e preparare senza avere nulla a portata di mano. E l'acqua, sorseggiando la rugiada del mattino dalle foglie degli alberi e quando pioveva, aprivano la bocca al cielo e bevevano a sazietà.

E trovarono questo posto, in alto sopra le luci della città. Lontano dalle tentazioni e dall'inquinamento acustico. Circondati dalla natura, dove potevano stare completamente insieme. In un luogo dove non dovevano nascondersi dal dolore, dove la natura lo assorbiva per loro, in loro.

Dove la semplicità di una stella discendente poteva affascinarli e riportare loro il figlio in un solo istante, nella morte di una stella notturna.

"Sarà meglio dormire un po', domani è una giornata importante", disse William allargando le braccia e sbadigliando.

"Mi dispiacerebbe però che questo finisse".

Un coniglio saltellava sull'erba, fermandosi di tanto in tanto per annusare l'aria. I loro stomaci brontolavano, ma nessuno dei due era disposto a togliere una vita per un pasto.

Linda frugò nello zaino e tirò fuori il cuscino. Baciò la foto del figlio e William fece lo stesso.

William si accarezzò un posto per sé e poi un posto per Linda.

Linda sprimacciò il cuscino. Lo posò a terra e appoggiò la guancia sulla foto del figlio. William fece lo stesso.

Si accoccolarono vicini, come due cucchiai.

Poiché William si trovava in fondo, dispiegò con cura le pagine del giornale. William tenne i fogli vicino al petto, proteggendoli come se fossero più preziosi dell'oro.

Quando l'aria si calmò di nuovo, William coprì Linda con la prima e la seconda pagina, poi prese il resto sovrapponendo la terza e la quarta.

Si accoccolarono più vicini. Più vicini di quanto due esseri umani possano mai essere.

"Notte amore", disse lui.

"Notte amore", rispose lei.

*Quando sentii l'astronomo imparato da Walt Whitman 1865

# LA RIVELAZIONE DI MARGARET

La primavera era nell'aria. Tuttavia, Margaret non riusciva ad uscire dalla depressione.

Quando i sentimenti la sopraffacevano, Margaret si abbracciava perché nessun altro si offriva di farlo. Gli amici dicevano che si stava tirando indietro. Avrebbe dovuto parlare più forte. Chiedere, non pretendere, ciò di cui aveva bisogno. Le dissero che non doveva aspettarsi che il marito avesse l'E.S.P.

In questi momenti, Margaret si arrotolava in una palla di pelo immaginaria, come una mamma orso. Poi si stiracchiava e sbadigliava, come se si stesse svegliando da un lungo letargo invernale.

Bevi un altro drink, le dicevano, come se ubriacarsi potesse migliorare le cose.

Margaret desiderava un nuovo inizio. Una rinascita stagionale, che le permettesse di riconnettersi ancora una volta al nucleo di se stessa.

***

Alle 5 del mattino, in un sobborgo di Toronto West vicino al lago Ontario, gli uccelli erano tornati dalle loro vacanze invernali. Alcuni erano rimasti per tutto l'anno e lei li considerava i suoi amici di sempre. Avevano già spogliato il cespuglio di Huckleberry. Per farli tornare, Margaret riempì le mangiatoie con semi di girasole nero.

In inverno, il repertorio di voci degli uccelli spaziava dalle ghiandaie azzurre ai cardinali, alle colombe e ai capovaccai. Ogni mattina Margaret aspettava nel silenzio di sentirli introdurre i nuovi giorni. Rinfrancata nel corpo e nella mente, chiudeva gli occhi e si riaddormentava. Finché voci discordanti non la risvegliarono.

Era il figlio adolescente contro il marito. Sebbene condividessero lo stesso sangue, i loro ormoni si contendevano il predominio e si scontravano, soprattutto la mattina presto.

Margaret e Michael Lindstrom si sono sposati tredici anni fa e il loro figlio, ora tredicenne, è nato poco tempo dopo. Alcuni dicevano che la coppia doveva sposarsi, ma non erano affari loro.

Si erano conosciuti a un appuntamento al buio ed erano andati subito d'accordo. Michael era un dirigente dell'industria dei trasporti. Margaret faceva due lavori mentre frequentava l'università per conseguire una laurea in design grafico.

Michael lavorava a lungo. Con Margaret che studiava e faceva due lavori, la coppia non si vedeva spesso. Ma quando lo facevano, scattavano le scintille. L'amore era nell'aria. Perfetti sconosciuti si avvicinavano a loro per commentare quanto fossero innamorati e il sole non mancava mai di splendere quando uscivano a passeggio tenendosi per mano.

Le amiche di Margaret erano gelose che lei avesse un fidanzato fisso e si preoccupavano. Con i loro impegni di lavoro, avevano a malapena il tempo per un'avventura, figuriamoci per una relazione completa con un uomo più grande.

"Divertitevi senza aspettative", consigliava Annabelle, anche se lei stessa, per evitare complicazioni, aveva una politica di porte aperte che le consentiva di cambiare partner al volo.

"Ma lui mi piace. Voglio dire che mi piace davvero", rispose Margaret.

"Se è destino, può aspettare fino a quando non ti sarai laureata", disse Lizzy, che era nel gioco dell'università per il lungo periodo. Stava conseguendo una laurea in astrofisica, per poi passare a un master e stava ancora decidendo quale laurea conseguire dopo la laurea. "È vecchio, ma non antico ed è improbabile che se ne vada presto".

È gentile, garbato e premuroso. Inoltre, mi ha invitato a una serata di lavoro per conoscere i suoi colleghi. Dice che vuole mettermi in mostra". Lei sorrise.

"Hai già abbastanza da fare con due lavori e la tua laurea", propose Annabelle. "Per non parlare del fatto che sei troppo giovane per legarti. A meno che a voi due non piaccia". Si schernì e fece tintinnare i bicchieri con Lizzy.

"Potrei dire di no, credo", disse Margaret, aggiungendo altro vino al suo bicchiere.

"Cosa che non vuoi fare", disse Lizzy. "Io dico di andare. Incontra tutte le persone noiose con cui lavora ogni giorno. Di sicuro ti farà passare tutte le illusioni che hai su di lui, se non altro".

Margaret sospirò e tornò a studiare. Non era così vecchio e non si comportava da vecchio. Una differenza di sette anni non era nulla di questi tempi.

Più tardi uscì a cena con Michael, dove incontrò alcuni dei suoi compagni di lavoro. Lei era più vicina alla loro età di Michael, ma lui andava d'accordo con tutti e, sorprendentemente, lei si divertì. Le piacque quando Michael la presentò come la sua ragazza. Dopo averlo detto, l'aveva guardata come se si aspettasse un rifiuto, invece lei gli aveva preso la mano. Le piaceva molto far parte della sua vita.

Non molto tempo dopo il concerto di lavoro, Michael invitò Margaret a unirsi a lui in un viaggio di lavoro fuori città. Lei disse di no, ma poi la tentazione di visitare Seattle, Washington, le fece mettere in discussione la sua decisione. In fondo poteva ancora studiare e una pausa dalla routine quotidiana sarebbe stata gradita. Se ci fosse andata, al suo ritorno avrebbe fatto il pieno di energie.

"È tutto pagato", la costrinse Michael. "Sarò fuori casa durante il giorno... Avrai tutto il tempo per studiare in piscina, nella vasca idromassaggio".

Lei scosse la testa di no, ma lui capì che si stava indebolendo.

"E voleremo in Business Class".

Bene, questo è quanto. Lei fece la valigia e partirono per Seattle dove, di giorno, studiò. La sera guardarono i Mariners giocare una sera e andarono al Tractor Tavern Rock Club un'altra. Ascoltarono Bill Clinton in una conferenza al Seattle Centre. Salirono sullo Space Needle, ammirarono il Chihuly Garden e andarono al Museo della Cultura Pop. Era come se fossero in luna di miele; l'amore era nell'aria e concepirono Tommy.

Margaret e Michael non avevano mai parlato di figli. Margaret non sapeva come affrontare l'argomento. Aveva preso in considerazione l'idea di abortire, ma non le andava di fare del male a qualcuno che non aveva scelto di nascere. Invitò Michael a cena fuori e affrontò l'argomento.

"Voglio una famiglia, tanti bambini", disse lui.

Lei sorrise.

"Non mi vedo come il tipo da matrimonio, però", fece una pausa. "Tuttavia, se ci fosse un bambino coinvolto, prenderei in considerazione l'idea di sposarmi. Tutti i bambini meritano il miglior inizio possibile".

"Credo di essere incinta", sbottò lei.

Lui rimase in silenzio all'inizio, poi saltò in piedi e la abbracciò. Disse che dovevano saperlo con certezza. Lei prese appuntamento con il suo medico. Quando lui confermò quello che lei già sapeva, si strinsero l'uno all'altra piangendo come idioti. Ancora oggi, quando ripensa a quel giorno, deve trattenere le lacrime.

Aveva abbandonato l'università quando le nausee mattutine avevano preso il sopravvento sulla sua vita. Le lezioni perse sembravano accumularsi. Quando fu chiaro che avrebbe dovuto ripetere l'intero anno, Margaret si prese un anno sabbatico e concentrò tutto quello che aveva sul futuro. C'era molto da fare prima dell'arrivo del bambino. Vendettero il suo appartamento. Comprarono una casa in periferia e celebrarono un rapido matrimonio all'anagrafe per rendere tutto ufficiale.

La futura neomamma passava le giornate a rendere accogliente la loro casa. Quando hanno scoperto di avere un maschietto, Margaret si è data da fare per creare una meravigliosa cameretta. Hanno scelto un tema sportivo, baseball, hockey, basket. Anche il calcio. Tutte attività sportive che lei e Michael amavano guardare sul loro televisore a schermo piatto.

Quando Michael era al lavoro, a volte Margaret preparava un vassoio di cibi come gelato, sedano, funghi e salsa. Poi si metteva davanti alla televisione, metteva su un po' di musica rilassante per il bambino e leggeva per lui. Margaret aveva perso il conto di quante volte aveva letto al suo piccolo Cosa aspettarsi quando si aspetta. Per lei era come una bibbia per bambini e la condivisione delle conoscenze rafforzava ulteriormente il loro legame.

Un pomeriggio di sole, si recò alla libreria di seconda mano locale con un elenco dei libri preferiti che aveva amato da bambina. Aveva dimenticato di chiedere a Mark quali fossero i suoi libri preferiti, ma lui non era mai stato un gran lettore. Ci vollero due viaggi per portare tutti i libri in casa. Si sedette sul divano, con le scatole di libri davanti a sé. Non poteva credere di averli trovati tutti! Anche Pokey Little Puppy, il primo libro che aveva imparato a leggere da sola. Oh, e sfogliò le copie di La tela di Carlotta, Anna di Green Gables, Curious George, I gemelli Bobbsey, Heidi e l'intera serie di Harry Potter. Mark rise e disse che avrebbero dovuto investire in una libreria. E fece di meglio: ne costruì una lui stesso, dicendo che non ci sarebbe stato nessun mobile di quel tipo nella camera di suo figlio.

Di lì a poco arrivò Tommy, che era la più bella opera d'arte che lei avesse mai visto. A volte non riusciva a credere che lei e Michael lo avessero creato. Il suo cuore cresceva, non aveva mai pensato di poter amare qualcuno più di quanto amasse Michael: e lo amava molto.

Michael voleva avere subito un altro bambino, ma una seconda gravidanza non era prevista. Il parto di Tommy era stato difficile e il medico aveva consigliato loro di non riprovarci. Michael era d'accordo che non valeva la pena rischiare e gli andava bene così, o almeno così diceva. Margaret non gli credette, anche se in passato era sempre stato onesto.

Al piano di sotto scoppiarono di nuovo forti rumori, che fecero uscire Margaret dalla sua testa e la riportarono alla realtà. Tommy urlò per primo, sbattendo un armadio, poi Michael lo rimproverò e la situazione degenerò rapidamente. Si scontrarono sugli argomenti più ridicoli. Nessuno dei due era un mattiniero... e nemmeno lei lo era.

Una semplice mattinata di pace e tranquillità era tutto ciò di cui aveva bisogno per rimettersi in carreggiata.

Margaret pensò di alzarsi, poi rifiutò l'idea. Avrebbe aspettato che le chiedessero aiuto. Inevitabilmente lo avrebbero chiesto.

Tommy fece capolino nella sua stanza. Invece di abbassare la voce, gridò: "Stai dormendo, mamma?". Aspettava uno o due secondi che lei si agitasse.

"Sì", rispondeva sempre lei, strofinandosi gli occhi stanchi anche se dormire per tutta la notte sarebbe stato impossibile.

Ora che aveva la sua attenzione, gridava: "Non riesco a trovare la mia maglietta sportiva, mamma".

Lei sorrideva perché le metteva sempre nello stesso posto, ma questa volta non ne parlava. Che senso aveva? "Sono nel tuo armadio, amore".

"Non ci sono!", disse lui, seguito da un passo, una ritirata e uno sbattere della porta.

Lei iniziò a contare un Mississippi, due Mississippi, tre Mississippi.

"Trovato! Grazie, mamma! Era sempre qui".

Margaret si rimise sotto le coperte e si addormentò di nuovo. Finché suo marito Michael non tornò nella loro stanza. Seguiva un regime rigoroso. Prima la toilette, poi il lavaggio delle mani, dei denti, il filo interdentale, il raschiamento della lingua con conati di vomito intermittenti e molto udibili (che spesso le facevano coprire le orecchie con il cuscino), seguiti da una doccia di quindici minuti, dalla rasatura, da un altro lavaggio dei denti, dall'asciugatura, dall'acconciatura e dall'acqua di colonia. Tutto cronometrato al secondo.

Quando aveva finito, spalancava la porta e il vapore caldo usciva prima che lui entrasse nella stanza. Lei lo guardava attraversare il pavimento come se stesse seguendo un fantasma in fuga. L'odore della sua colonia e il vapore caldo le facevano venire sonno e presto si sarebbe riaddormentata.

"Margaret, hai visto un gemello smarrito?".

Lei alzò la testa: "Non ultimamente", rispose mentre lui frugava nel cassetto superiore senza chiuderlo del tutto. Poi aprì il cassetto centrale, lasciandolo parzialmente aperto. Infine, il cassetto inferiore veniva estratto completamente. L'armadio assomigliava a una scala, ma era un pericolo perché poteva facilmente rovesciarsi da un momento all'altro. Immaginava che Tommy passasse di lì e che l'intera cassettiera gli finisse addosso. Il terrore di ciò che sarebbe potuto accadere la lacerava nel profondo. Se avesse dovuto tirarlo fuori da sotto... ne avrebbe avuto la forza? E se... Saltò giù dal letto e chiuse ogni cassetto.

"Stavo per farlo", disse Michael sbattendosi la porta alle spalle mentre usciva.

Dato che era già in piedi, si schiacciava contro il retro della porta chiusa, finché dal piano di sotto Tommy non chiamò: "Mamma, non riesco a trovare il mio pranzo!".

"È nel tuo cestino del pranzo, secondo ripiano, lato destro del frigorifero".

"No, non c'è", rispose lui.

"Arrivo", disse lei afferrando la maniglia della porta, ma prima che avesse il tempo di aprirla lui chiamò: "Oh, ora lo vedo! Grazie, mamma".

Tornando in camera sua, borbottò "prego", mentre la fessura nera sotto il letto la richiamava. Poteva scivolare lì sotto senza che nulla le facesse compagnia, a parte i coniglietti della polvere. Lì sotto avrebbe creato il suo superpotere personale: uno scudo protettivo di oscurità che respingeva le voci arrabbiate e forti.

Le voci che si avvicinavano le fecero prendere la decisione e si fiondò nello spazio buio. Nell'ambiente accogliente, il respiro e il battito cardiaco rallentarono. Chiuse gli occhi, si appiattì, poi, allungando la mano, tirò la trapunta sul pavimento e la trascinò sotto e sopra tutto il corpo come se avesse costruito un fortino.

Michael tornò nella loro stanza.  "Tesoro?", disse.

Tommy si fermò sulla porta: "Forse è in bagno?".

Michael controllò, poi diede un'occhiata al letto.

"Non è di nuovo lì sotto, vero?". Tommy sussurrò.

"Vediamo", sentì rispondere Michael.

I due si abbassarono a terra e sbirciarono nell'oscurità. Videro qualche movimento sotto la coperta. Michael guardò il figlio, poi si portò un dito alle labbra. Annuì, felice di lasciare che il padre parlasse per primo.

"Tesoro", disse Michael con voce suadente, "ti dispiacerebbe portare i miei pantaloni e le mie camicie in tintoria?". Aprì la bocca e la richiuse.

La povera Margaret non riusciva a credere che lui le facesse una lista di cose da fare e le parlasse come se si fosse nascosta sotto il letto ogni singolo giorno della sua vita. La cosa la infastidiva da morire.

Non capendo l'antifona, continuò: "Oh, e mi sono dimenticato di chiederti nel fine settimana se mi andava bene invitare qualche amico a casa mia. Stasera. Per una piccola festa. Una festa di otto persone, compresi noi. Scusa ancora per il breve preavviso. Volevo chiedertelo nel fine settimana".

Tommy fece un passo per raggiungere la madre nel suo bozzolo solitario. Invece, lei uscì in un limbo. Si raddrizzò e si spolverò. Loro la fissavano, ma non dicevano nulla. "Voi due scendete, adesso", disse lei, tenendo ancora in mano il caldo piumone.

Michael guardò l'orologio.

"Sto bene, perfettamente bene. Sarò lì tra un minuto, per favore". Lei rimise la trapunta sul letto.

"Va bene", risposero loro, andando via.

Quando se ne furono andati, lei attraversò il letto. Spense la coperta elettrica sul lato del marito. Mentre si infilava la vestaglia e le pantofole, immaginò di dimenticare di spegnere la coperta del marito. La casa sarebbe bruciata? Probabilmente sì. E sarebbe stata colpa sua. Tutto era sempre colpa sua.

Chiuse la vestaglia, poi si sistemò i capelli allo specchio. Doveva parlare con Michael della cena. Otto persone. Stasera. Almeno non era così male come l'ultima volta, quando erano in dodici, o la volta precedente, quando erano in diciotto. Eppure, gli aveva chiesto tante volte, in altre occasioni come questa, di darle più preavviso. L'ultima volta che aveva completato tutto - beh, quasi tutto - non aveva avuto il tempo di laccarsi le unghie. Michael glielo fece notare in modo imbarazzante davanti agli ospiti e persino il figlio ebbe abbastanza intelligenza emotiva per cambiare argomento prima che lei scoppiasse a piangere.

Nel corridoio, le sue pantofole a coniglietto facevano scintille mentre camminava, dandole la possibilità di raccogliere calzini, biancheria intima e un gemello lungo la strada. Pezzi e pezzetti lasciati per lei come una traccia che la condurrà al piano di sotto, dove la stavano aspettando.

Al piano di sotto, ora, si trovava nel corridoio che portava al soggiorno. Quando entrò, vide e sentì suo marito che sgranocchiava un toast tenendo in alto con il mignolo una tazza di tè. Accanto a lui c'era Tommy, che stava mangiando Rice Crisps e si mancava la bocca. Le gocce di latte e i residui di cereali si raccoglievano tra i suoi piedi, producendo un suono simile al pitter-patter quando colpivano il tappeto.

Si segnò mentalmente di gettare il tappeto nell'asciugatrice dopo che se ne fossero andati, sollevata dal fatto che il tessuto sul pavimento stesse assorbendo il liquido invece di macchiare quella che credeva essere l'ultima maglietta pulita di suo figlio. Aggiunse una seconda nota mentale per ordinargli delle magliette nuove: stava crescendo così in fretta che era difficile stare al passo con gli scatti di crescita.

"Buongiorno", disse Margaret proprio mentre Fred Flintstone urlava: "Wilma!".

La sua famiglia si accorse della sua presenza lanciando uno sguardo nella sua direzione, poi tutti insieme scoppiarono a ridere mentre Barney e Fred continuavano con le loro solite buffonate. Almeno andavano d'accordo. I Flintstones erano una cosa su cui erano entrambi d'accordo.

Quando ci fu una pausa pubblicitaria, lei disse: "A proposito di questa cena, Michael". Abbassò il volume del televisore. Tommy protestò, poi finì di mangiare i suoi cereali.

"Scusami ancora", disse il marito. "Stavo parlando con il mio capo nel fine settimana, durante la partita di golf. Non so come sia finita qui, ma subito dopo mi sono ritrovato ad ospitare questo maledetto evento. Non è necessario che sia in cravatta nera o qualcosa di sofisticato. Tre portate più il dessert dovrebbero bastare".

"Chi sono i nostri ospiti? Che tipo di cibo preferiscono? Ci sono allergie? Ci sono vegetariani?". Fece una pausa. "Perché non accendiamo la griglia?".

"No, l'idea della griglia è ottima per un fine settimana, ma qui si tratta di lavoro".

Lei sospirò.

Lui continuò: "Il mio capo e sua moglie, Jim e Dave del marketing, Lucy e suo marito William dell'ufficio legale. Credo che Lucy sia vegetariana o vegana. Lance, della finanza, e sua moglie - non l'ho mai incontrata prima. È nuovo nella nostra squadra". Guardò l'orologio e sobbalzò.

Margaret gli afferrò la manica. Inserì il gemello mancante, poi si incuneò direttamente davanti al marito nella speranza di ricevere un bacio.

Michael esitò un attimo prima di dare a Margaret quello che qualcuno avrebbe potuto definire un bacio, ma lei non lo fece. Si trattava piuttosto di un bacetto, dato al volo, mentre sfrecciava via. Le labbra della coppia si erano appena sfiorate.

Prima che Margaret potesse dire una parola, Mark sbatté la porta dietro di sé.

Lei si avvolse di nuovo le braccia intorno a sé. Per un paio di secondi sembrò che Tommy stesse per abbracciarla. Lei aprì le braccia e lui ricambiò allungando il braccio nella sua direzione con il palmo aperto rivolto verso l'alto. Lei incrociò le braccia, mentre lui si lanciava direttamente in un discorso di vendita.

"Vedi mamma, oggi è il giorno dell'hamburger - due al prezzo di uno - e ho bisogno di soldi. I soldi sono per beneficenza e ho già speso tutta la mia paghetta questa settimana".

"E il pranzo che ho preparato?".

"Nessun problema, lo mangerò a ricreazione".

Margaret gli diede una pacca sulla testa e poi andò in cucina dove la sua borsa era appesa al gancio. Mentre entrava, diede un'occhiata allo stato della sua cucina. Che disordine! E doveva mettere tutto a posto per la cena di questa sera. Nessun problema!

Aveva solo una banconota da dieci dollari, che mise nella mano di lui ancora in attesa. "Portami il resto", disse mentre lui usciva di casa sbattendo con decisione la porta.

In salotto i Flintstones stavano concludendo con "You'll have a gay old time!". Margaret canticchiava mentre si gettava il tappeto sulle spalle e raccoglieva la tazza e il piattino sporchi, il bicchiere e la scodella.

Ora in cucina, mise il tappeto in lavatrice, le stoviglie per la colazione in lavastoviglie, poi si versò una tazza di tè dal pentolino tiepido. Tornò in soggiorno, che era meno in disordine. Sfogliò i canali e si imbatté in Judge Judy. Non poté fare a meno di ammirare quella donna, che aveva il controllo totale di tutti e di tutto nella sua aula di tribunale.

Gli amici le dissero che avrebbe dovuto alzarsi prima della famiglia, per ridurre al minimo il caos e il disordine. In quel momento avrebbe avuto il controllo della situazione. Altri dicevano che avrebbe dovuto trovarsi un lavoro e andarsene di casa prima di loro, così avrebbero dovuto imparare a cavarsela da soli. Ma era così stanca, così poco se stessa in questi giorni, per non parlare del fatto che non lavorava da prima che nascesse suo figlio. Chi l'avrebbe assunta adesso?

Margaret era diventata sempre più insoddisfatta della sua sorte, mentre cedeva la sua vita ai bisogni di coloro che amava. Non sopportava il fatto di dare sempre, anche se era una sua scelta. Poi saliva sul treno del senso di colpa e dell'autocommiserazione. Tutte le madri hanno vissuto la stessa cosa? Questo vuoto? Questo spingere e tirare dentro di sé, creando un vuoto. Questo vuoto interiore, a cui lei permetteva di muoversi come un temporale estivo e di piovere su tutto ciò che faceva parte della sua vita. Era un uragano in attesa di accadere e oggi era il giorno che temeva.

Si fece la doccia e si vestì, senza fermarsi a fare colazione ma prendendosi il tempo di buttare il tappeto nell'asciugatrice, e con il desiderio ardente di uscire. Via. Ovunque, lontano.

Margaret puntò l'auto in direzione del centro commerciale e partì. Parcheggiò. All'interno, un giovane uomo stava trasportando dei carrelli. Con l'aiuto del vento, molti erano destinati a una fuga imminente. Lei pensò di dire qualcosa per alleviare il peso di quell'uomo, invece gli sorrise. Lui, sottovoce, la chiamò "puttana".

La casalinga lo ignorò e si affrettò a entrare. Non poté fare a meno di chiedersi perché il suo gesto empatico non avesse ottenuto altro che un abuso. Non importa, pensò, spostando la sua attenzione sul problema in questione: la preparazione della cena. Prima di tutto, però: cosa avrebbe indossato? Doveva regalarsi un vestito nuovo? Lo shopping l'aveva aiutata a tirarsi su il morale in passato. Forse oggi sarebbe servito?

Margaret si diresse lungo il corridoio della moda, trovando un manichino in una vetrina che indossava un abito elegante che le piaceva. Si avventurò all'interno, dove gli specchi la assalirono ovunque. Si ritirò.

Sulle scale mobili notò un centro benessere per capelli e unghie. Si guardò le unghie. Preferiva farle da sola a casa, quando sapeva cosa avrebbe indossato: avrebbe trovato il tempo. Ma i capelli erano un'altra cosa.

Si fermò fuori dal salone, osservando gli stilisti che si muovevano, tenendosi occupati. Sembrava essere una giornata tranquilla nel salone, dato che solo una poltrona era occupata. Pensò di entrare e di parlare con qualcuno, ma decise di non farlo perché diede un'occhiata al telefono. Il tempo scorreva e lei aveva già troppe cose da fare.

Un'insegna al neon lampeggiante attirò la sua attenzione. C'era scritto:

Viaggia verso la destinazione dei tuoi sogni. In vendita solo oggi!

Non era più Margaret, era Margarita a Cuba. Si immaginava a Cuba mentre eseguiva la rhumba. Poi era in Australia, a ballare nell'Outback. Non è possibile! Era troppo lontano.

Un giovane che aveva circa la metà dei suoi anni la notò. "Sarò da te tra un attimo", disse. Tornò a parlare al telefono.

Lei si avventurò all'interno e si mise goffamente vicino alla reception. Ascoltò la voce calma del giovane. Ogni tanto lui riconosceva la sua presenza con un sorriso. Dopo qualche istante, smise di parlare e mise la mano sul telefono.

"Si serva pure una tazza di caffè o di acqua mentre aspetta. Non ci metterò molto. E si senta libera di sfogliare gli opuscoli e le riviste. Sarò subito da lei".

Margaret si versò una tazza di caffè fumante, poi aggiunse la panna e una zolletta di zucchero. Lanciò un'occhiata in direzione del giovane al telefono quando notò una scatola di biscotti. Come se stesse cercando il suo permesso.

Lui mise di nuovo la mano sul ricevitore: "Oh, sì, si serva pure di uno o due biscotti. Non c'è di che".

"Grazie", sussurrò lei, prendendo un biscotto. Era il paradiso del cioccolato.

Mentre aspettava, sfogliò alcune riviste. La prima era sulla Svizzera. Ora era Maggie che si preparava a sciare a Zermatt con un istruttore di sci alto, biondo e bello di nome Sven che l'aiutava con gli sci. Ora hanno finito di sciare e lui le sta offrendo una tazza di cioccolata calda. Lei si avvicinò con un sospiro e la raggiunse, poi lo respinse con un cenno del capo.

Prese un altro depliant per le Hawaii, immaginandosi sulla spiaggia di Waikiki, a fare l'hula con George Clooney. Poi abbassò lo sguardo, si rese conto di indossare un bikini e urlò.

Margaret tornò di scatto alla realtà, lanciando un'occhiata in direzione del giovane che era ancora al telefono. Non si era accorto del suo sfogo. Che bello. Diede un altro morso al biscotto al cioccolato. Indossare un bikini o qualsiasi altro tipo di costume da bagno era fuori questione.

Sulla parete notò un poster che pubblicizzava un viaggio in Gran Bretagna. Beefeaters. Che indossavano quegli assurdi cappelli alti. Ora era Cathy, alla ricerca di Heathcliff nella brughiera dello Yorkshire. Era una giornata molto fredda e ventosa, ma stavano camminando e si godevano l'aria fresca...

"Posso aiutarvi?", chiese il giovane.

Heathcliff scomparve. "Sto solo sognando", rispose Margaret con le guance arrossate.

Il giovane cliccò sulla tastiera, guardando lo schermo. Girò il computer verso di lei. "Queste sono le offerte last minute di oggi, solo per un giorno. Sono appena arrivate!".

Incuriosita, si avvicinò.

"Se le interessa l'Inghilterra, non troverà mai più un prezzo come questo".

"Ho sempre voluto visitare il Regno Unito".

"Questo prezzo", disse il giovane, "comprende un'auto a noleggio e una combinazione di hotel e B&B. Potreste viaggiare e poi scegliere dove fermarvi e soggiornare".

"Non so se si può guidare fin lì, non si guida dall'altra parte?".

"È vero, ma ci si impara in un attimo".

***

Margaret tornò a casa e ordinò un piatto da asporto. Scelse una varietà di piatti dal menu per soddisfare ogni esigenza. Mise in frigorifero lo Chardonnay, la Rosa e la birra. Le quattro bottiglie di rosso le mise nello scaffale dei vini.

Si legò un grembiule intorno alla vita e si mise a passare l'aspirapolvere e a spolverare. Riposizionò il tappeto pulito in salotto. Quando tutto fu perfetto, preparò la tavola con posti per sette persone. Michael non voleva rischiare che Tommy facesse una scenata. Non davanti al suo capo e ai suoi compagni di lavoro. Preparò un vassoio e lo sistemò sul bancone in modo che lui potesse portarlo in camera sua.

Margaret andò in camera sua e preparò una valigia e un bagaglio a mano. Ordinò a Uber di accompagnarla all'aeroporto.

Tre ore dopo, si imbarcò su un aereo e presto si diresse verso il Regno Unito.

Mentre guardava fuori dal finestrino, per una frazione di secondo un senso di colpa la colse. Lo combatté.

Aveva lasciato un biglietto sul frigorifero in cui diceva che sarebbe partita.

Margaret non aveva menzionato né dove stava andando né quando sarebbe tornata.

Né che aveva acquistato un biglietto di sola andata. Avrebbero trovato una soluzione.

# L'OMBRELLO E IL VENTO

Era venerdì 13 e il vento era sferzante. Le cose che non dovevano volare rimbalzavano e rimbalzavano. Da una parte all'altra e dall'altra. Con una capriola intorno a me.

In un giorno del genere alcuni pensionati sarebbero rimasti a letto, ma non io. Perché avrei dovuto avventurarmi fuori, in un giorno così terribile? Per questo motivo, e solo per questo motivo, avevo bisogno di una tazza di caffè forte.

Di conseguenza, ho giocato a dodgem, a nascondino e a tuffo per uscire di casa e salire in macchina. Poi mi sono diretta verso il drive-through più vicino. Non ero l'unico abbastanza coraggioso da avventurarsi nell'ignoto per curare la mia dipendenza da caffeina.

La coda avanzava, avanzando. Ordinai un latte alla vaniglia extra forte e poi mi diressi verso lo sportello per pagare. Cercai il portafoglio e scoprii di averlo lasciato a casa.

La signora allo sportello allungò la mano e la ritirò per evitare un piccolo ramo che, dopo aver toccato il mio sportello, rimbalzò sul suo.

"Cambio", dissi, mentre la donna allungava di nuovo la mano. Stavo ancora frugando nel vano portaoggetti e nelle fessure delle tazze. Dopo averli contati, avevo settantotto centesimi. Sotto il sedile c'era un altro dollaro. Continuai a cercare, mentre le auto dietro di me aspettavano e il tizio direttamente dietro di me suonava il clacson, mentre altri lo seguivano.

"Questo è sufficiente", disse la donna, mentre prendeva le monete e mi porgeva il caffè.

Feci il mio più grande sorriso e dissi: "Grazie", chiusi il finestrino e mi allontanai, sempre più grata. Il caffè aveva un profumo paradisiaco, ma mi trattenni dal berne un sorso fino al primo semaforo rosso.

Mentre aspettavo, sorseggiando, assaporando, un ombrello non presidiato ha incrinato il mio parabrezza con il suo manico di legno, prima di rimbalzare e posarsi sul ramo di un albero vicino.

Non mi sono nemmeno accorto che la java mi stava bruciando finché non è cambiato il semaforo. Accostai con prudenza e scesi dal veicolo. Non c'è niente di meglio del caffè caldo che ti cola lungo la gamba fino ai calzini e alle scarpe. Scossi la gamba, come un cane che ha appena fatto il bagno.

L'avevo visto arrivare, ma era troppo tardi.

Quel maledetto ombrello. Di nuovo.

***

Mi svegliai, ancora nel parcheggio, con il manico dell'ombrello di legno avvolto intorno al collo. Ero caduta pesantemente, ma ero riuscita ad aggrapparmi alla portiera dell'auto mentre scendevo, il che era positivo da un lato e negativo dall'altro, perché nascondeva la mia situazione.

Il cemento sotto di me sembrava freddo e spugnoso. Cercai di alzarmi e il vento catturò l'ombrello, che continuò il suo viaggio come un'alga vagante.

Non ero ancora in piedi, ma mi lanciai verso l'alto spingendo il mio peso contro la portiera dell'auto. L'improvviso scatto della serratura non mi fece presagire nulla di buono □ avevo lasciato le chiavi nel quadro. Cercai il telefono, rendendomi subito conto che era a casa con la borsetta.

Mi appoggiai all'auto a braccia incrociate nella speranza di attirare un buon samaritano.

In lontananza, vidi l'ombrello che si dirigeva altrove. Ops. Un veicolo in arrivo, cercando di evitare il derviscio vorticoso, ha sbattuto contro il retro di un'altra auto. Qualcuno avrebbe chiamato la polizia. Avrei fatto loro cenno di aiutarmi. Tutto bene.

In breve tempo, il maledetto ombrello era di nuovo partito, sfrecciando a tutta velocità nella mia direzione. Ero forse una calamita per ombrelli? Questa volta volò in alto, ruotando. Era una bellezza in lontananza. Si apriva al cielo in tutto il suo nero. Era ipnotizzante, così in alto, e conoscete il vecchio detto: "Ciò che sale", ebbene, si stava dimostrando vero quando quella dannata cosa precipitò a terra con il potenziale di mettermi definitivamente fuori combattimento. Come nel motto dei boy scout, ero preparato e, invece di aspettare che mi colpisse alla testa, allungai la mano e l'afferrai per il manico.

Mi aggrappai alla vita, sperando di non fare la fine di Mary Poppins. I miei piedi lasciarono il suolo, ma solo per un paio di secondi prima di sentire le sirene e le scarpe che sbattevano sul marciapiede.

Una giovane donna chiuse la sua mano sulla maniglia. Ci stabilizzammo, mentre altri passi camminavano per le strade, mentre il suo proprietario cliccava il pulsante e chiudeva il tettuccio pieghevole.

***

Dopo quella strana mattinata, tornai a casa e misi i piedi in alto, rifiutandomi di muovermi finché il vento non si fosse calmato. Ho rispettato il piano fino a quando mio figlio mi ha chiesto di andarlo a prendere poco dopo le 19:30 a casa di un suo amico dall'altra parte della città. I genitori dovevano riportarlo a casa, ma erano nervosi alla guida e quindi mi hanno convocato.

La crepa a forma di occhio di bue sul parabrezza mi ricordava costantemente come stava andando la giornata. Stavo ancora aspettando notizie dalla mia compagnia di assicurazione riguardo alla franchigia. Stavano indagando sulla questione della "causa di forza maggiore".

Ho contattato la polizia che mi ha detto che avrebbe verificato l'esistenza dell'ombrello, ma non che fosse collegato al mio parabrezza. Quando mi hanno visto, lo stavo tenendo stretto.

Sentendomi estremamente arrabbiato con la persona che non era riuscita a tenere la sua tettoia di stoffa, avevo una mezza idea di scrivere al comune per richiedere una polizza di licenza per ombrelli. Così avrei potuto fargli pagare la mia franchigia o, ancora meglio, fargli causa.

Accesi l'auto e uscii dal vialetto, attento agli oggetti volanti, quando una bottiglia verde attirò la mia attenzione. Girava e rigirava in cerchio, come persone immaginarie che giocano a Spin the Bottle. Per la maggior parte del tempo non si staccava dal suolo e sembrava un'astronave verde oblunga che decollava, si sollevava sempre più in alto, poi si schiantava, girava e si sollevava di nuovo. Proseguii, per coincidenza, nella stessa direzione in cui si dirigeva la bottiglia.

Quando vidi un uomo e una donna che camminavano l'uno verso l'altra mentre la bottiglia faceva una pericolosa capriola, aprii la finestra e li chiamai. Quando non hanno reagito, ho suonato il clacson. La bottiglia, ora in alto nell'aria, iniziò a cadere verso di loro.

La bottiglia è scesa, colpendo con forza la testa della donna. Il contenitore verde rimbalzò e colpì la testa dell'uomo. L'oggetto verde indifferente si alzò e cadde diverse volte prima di fermarsi contro il tronco di un albero.

Accesi i lampeggiatori a quattro vie e spensi il motore prima di uscire dalla sicurezza dell'auto per immergermi nuovamente nel vento pericoloso.

Sia l'uomo che la donna erano coscienti, ma non si muovevano e non cercavano di alzarsi. Presi il polso della donna, poi quello dell'uomo e valutai la situazione, ricordando la mia formazione di primo soccorso di anni prima. Ho chiamato il 911. Il centralinista fece alcune domande, ma il crepitio alle nostre spalle fece alzare le persone a sedere.

Guardammo il vento che continuava a ruggire, facendo volare la bottiglia. Il maestoso salice piangente si piegò per recuperarla, ma troppo tardi. Il vento spezzò a metà il suo grosso tronco e quando l'albero si schiantò al suolo il riverbero fece tremare la terra sotto di noi.

"Andiamo!" Gridai.

Con il vento alle calcagna, ci siamo dati alla fuga.

***

Una volta raggiunto il rifugio della mia auto e allacciate le cinture, misi il turbo. Non vedendo più la bottiglia, andammo a prendere mio figlio.

Dopo aver ripreso fiato, ci presentammo.

Brent Welch era un uomo alto e molto bello, con capelli scuri e occhi azzurri. Aveva una fossetta sul mento come Cary Grant. Era socio di uno studio legale locale, parlava molto bene, aveva maniere molto gentili ed era single.

Eileen Manny, anche lei single, aveva lunghi capelli biondi e si truccava troppo. Era una rappresentante di cosmetici riservata e dai modi gentili, quindi la sua "faccia era la sua paletta".

Mi presentai. "Mi chiamo Alice Mitchell. Sono vedova da poco e sono un'insegnante di liceo in pensione".

Ora che ci conoscevamo, mi ringraziarono per averle salvate. Poi mi chiesero della crepa nel parabrezza proprio mentre Jasper saliva sul veicolo e si allacciava la cintura.

Dopo le presentazioni, continuai a raccontare la storia dell'ombrello. I miei passeggeri scoppiarono a ridere.

"Cosa c'è di così divertente?" Chiesi.

"Non sarebbe potuto succedere a nessun altro", rispose Jasper.

Ci avviammo verso casa, lasciando Mark ed Eileen lungo la strada.

Quando finalmente arrivammo a destinazione, mi resi conto che mancavano ancora due ore a questo venerdì 13 più che movimentato. Mi misi a letto, mi coprii la testa e cercai di dormire.

Non avevo idea di quello che doveva ancora accadere.

***

La mattina dopo, sabato 14, mi ci vollero alcuni minuti per svegliarmi. Era come se il campanello suonasse nel mio sogno, finché mio figlio Jasper non bussò alla porta della mia camera.

"Mamma, è per te, la polizia".

Ho buttato indietro le coperte, ho tirato la camicia da notte sopra la testa, l'ho sostituita con una tuta da jogging e mi sono spazzolata i capelli prima di uscire.

Mio figlio, che non ha un gran senso dell'etichetta in queste cose anche se è stato cresciuto con ottime maniere, aveva lasciato gli agenti in piedi sul portico.

Mentre sporgevo la testa fuori, metà dentro e metà fuori, il vento si alzò e quasi mi strappò la porta dalle mani.

L'aspetto degli ufficiali era trasandato, il che, ai vecchi tempi, veniva definito "ventoso e interessante". La corpulenta coppia di ufficiali era abbastanza bella da poter fare da spogliarellista per il Thunder from Down Under. Li invitai a entrare.

"No, grazie, signora", disse il ragazzo dai capelli biondi, che quando si tolse il cappello assomigliava all'altro, quello che non era 'Ponch' del C.H.I.P.S..

Jon", dissi ad alta voce senza volerlo (mi era appena venuto in mente il nome del ragazzo biondo dei C.H.I.P.S.).

"Mi chiamo Marshall", disse il biondo. "Il mio collega è l'agente Ramsey".

"Piacere di conoscervi. Cosa posso fare per voi?".

Il biondo disse: "Abbiamo ricevuto una segnalazione di una chiamata al 911 abbandonata da lei ieri, può spiegarci cosa è successo?".

"Ho osservato un uomo e una donna che camminavano l'uno verso l'altra mentre aspettavano che cambiasse il semaforo rosso. Ho notato la bottiglia".

"In pieno volo?" Chiese Ramsey.

Annuii. "Sì, la bottiglia è salita e poi è tornata giù. Ho cercato di attirare la loro attenzione, ma prima di rendermene conto la bottiglia ha colpito prima la donna e poi l'uomo. Entrambi sono caduti sul marciapiede, con forza".

"In che stato erano quando li ha raggiunti e quanto tempo ha impiegato per arrivare?". Chiese Jon, cioè Marshall.

"Ho parcheggiato in pochi secondi e sono andato subito dalla loro parte".

Ramsey era il tipo che prendeva appunti, stava scrivendo tutto quello che dicevo.

Marshall aveva il telefono puntato su di me; stava registrando tutto quello che dicevo.

Immaginai che fosse tutto a posto, anche se in quel momento non lo misi in dubbio.

"Erano coscienti, respiravano e avevano forti pulsazioni. Dopo averne avuto conferma, ho chiamato il 911".

"Che cosa è successo poi?".

"È caduto un enorme albero e siamo scappati verso la mia macchina".

"Qualcuno di loro ha chiesto di vedere un medico o di andare al pronto soccorso?".

"No, erano ben svegli. Ridevamo e parlavamo. Le loro case erano sulla strada del ritorno, li abbiamo accompagnati e non c'è stato alcun problema".

Siamo rimasti in silenzio.

***

"Che cos'è questa storia?" Chiesi, sentendo il vento che tagliava la mia tuta da ginnastica.

"Li hai mai incontrati prima?". Chiese Marshall. "Dopo tutto, le loro case non sono molto lontane dalla tua".

"No." Rimasi in silenzio, cercando di capire dove volessero arrivare con le loro domande. Che importanza aveva se avevo già visto uno di loro? All'interno mio figlio accese il televisore e il suono si fece sentire. Chiusi la porta dietro di me e uscii.

"Che tipo di bottiglia era?". Chiese Ramsey.

"Era una bottiglia verde".

I due agenti si scambiarono un'occhiata.

"È vero che ieri ha avuto un altro incidente con un ombrello?". Chiese Marshall.

"Sì, è stato un terribile venerdì 13".

"Il fatto è che", disse Ramsey. "Welch e Manny sono morti".

***

Mi svegliai dopo essere svenuto con tre volti preoccupati che mi scrutavano. Due appartenevano agli agenti Ramsey e Marshall. Nelle loro mani tenevano copie del Reader's Digest che mi sventolavano come ventagli. L'altro apparteneva a Jasper, che teneva in mano un bicchiere d'acqua dal quale, a intermittenza, spargeva gocce sulla mia fronte.

"Stai bene, mamma?"

Non ne ero sicura al cento per cento. Cercai comunque di sedermi per evitare altri assalti del Reader's Digest e dell'acqua.

"Hai avuto un po' di shock", disse Ramsey, proprio mentre due operatori dell'ambulanza si dirigevano verso di me. Uno mi controllò il polso, l'altro si mise la fascia della pressione e iniziò a pompare. Entrambi dissero: "Tutto bene".

Ho cercato di accompagnarli alla porta, ma hanno detto che non era necessario.

Ramsey si sedette di fronte a me.

Le farfalle nel mio stomaco svolazzavano e mi sentivo ancora un po' delicata, mentre nella mia testa fluttuavano domande su bottiglie volanti che uccidevano la gente.

Pensavo solo all'ultimo pensiero, quando Ramsey rispose: "Non conosciamo ancora la causa della morte. Il medico legale sta esaminando i corpi".

"Abbiamo notato che avete una grossa crepa sul parabrezza", disse Marshall. "Qualcuno di loro ci è finito contro?".

"No, è stata causata dall'ombrello".

"Penso che abbiamo abbastanza informazioni", dissero gli agenti.

Jasper li accompagnò all'uscita.

Andai in cucina, mi preparai una tazza di tè forte e aprii un pacchetto di biscotti al cioccolato. Fuori sentivo il vento che faceva volare le foglie di qua e di là. Ho aperto la porta sul retro e ho chiesto a Madre Natura di smettere di soffiare.

Come previsto, ignorò la mia richiesta.

***

La domenica fu una giornata tranquilla. Mi sono tenuta per me e Jasper mi ha trattato come se fosse la festa della mamma con colazione, pranzo e cena a letto. Ancora sotto shock, accettai di buon grado il ruolo di invalida per un giorno e un solo giorno.

Il lunedì mattina, per prima cosa, mi recai al negozio di sostituzione dei vetri. Tutto quello che dovevo fare era pagare la franchigia e avrebbero riparato il danno sul posto.

Il mio telefono squillò ed era l'agente Ramsey. Mi chiese di venire in centrale, "e di portare la macchina".

Gli spiegai dove mi trovavo e perché. Mi disse che la mia auto era "sotto indagine". Disse che sarei rimasto senza auto per un paio di giorni.

Gli dissi che sarei arrivato il prima possibile e lasciai il posto.

Più tardi, mentre aspettavo a un semaforo rosso, ho notato una giovane coppia che camminava insieme tenendosi per mano. Nell'altra mano di lui c'era una tazza di caffè. Lei beveva da una bottiglia verde. Un momento prima erano felici, un momento dopo lei ha lasciato cadere la mano di lui come se fosse una patata bollente. Lui, a sua volta, lasciò cadere il caffè bollente che si rovesciò sui pantaloni e sulle scarpe.

In un attimo, lui colpì il fondo della bottiglia di lei che volò in aria. Quelli di noi che aspettavano al semaforo la videro salire. Era come un razzo, che saliva dritto verso il cielo.

Scese proprio mentre la giovane coppia guardava in alto.

Colpì la testa della donna, rimbalzò sulla testa dell'uomo e rotolò lungo il marciapiede fino alla strada.

Sono uscito dalla mia auto in un attimo, chiamando il 911. Altri mi seguirono, scendendo dai loro veicoli. Bloccammo l'intero incrocio.

La ragazza era svenuta, mentre l'uomo era ben sveglio.

"Sta arrivando un'ambulanza", dissi.

Sentimmo le sirene. Vedemmo le auto della polizia.

"Che diavolo ci fate qui?". Chiese Ramsey.

"Oh, cavolo", risposi.

***

Spiegai la situazione. Questa volta c'erano molti testimoni.

Dopo che l'ambulanza ebbe fatto entrare la coppia e si allontanò urlando, gli agenti dissero a tutti di sgomberare l'area, tranne che a me. Avevano già parlato con la maggior parte dei testimoni.

"Mi state arrestando?"

Si scambiarono un'occhiata.

"Dovete ancora sequestrare il mio veicolo?". Mi stavo mettendo in mostra, avevo visto molti spettacoli di polizia.

"Può tornare a casa", disse Ramsey.

"Sappiamo dove abiti", disse Marshall con un sorrisetto. "Ma non lasciare la città, ok?".

Io risi e me ne andai per la mia strada.

***

Non ci furono incidenti durante il tragitto verso casa.

Misi in forno il pollo arrosto, sbucciai le patate e tagliai un po' di verdura, mentre pensavo alle bottiglie verdi trasportate dall'aria.

Sono andato in ufficio e ho digitato "bottiglie volanti" su un motore di ricerca. Mi ha collegato a un ragazzo su YouTube che ha messo delle caramelle dentro una bottiglia e poi l'ha fatta cadere a terra. Non è successo nulla. Incuriosito, ho continuato a guardare. La volta successiva che l'ha spaccata, la bottiglia, dopo aver colpito il volto di un cameraman, si è lanciata in aria come un razzo.

Poi mi sono imbattuto in alcuni esperimenti di Myth Busters che hanno confermato che una bottiglia piena può rompere un cranio. Al contrario, le bottiglie vuote non potevano farlo □ quel mito era stato davvero sfatato dai due recenti decessi.

Spensi il computer. Non volevo più pensarci.

Al momento giusto, entrò Jasper. "Tutto bene mamma?"

Gli raccontai dell'ultimo incidente e degli esperimenti su YouTube.

"Stai scherzando, vero?".

Scossi la testa e andai in cucina a mescolare le patate.

"Come se non bastasse, gli agenti chiamati sul posto erano Ramsey e Marshall. Devono pensare che io sia una specie di menagramo".

"È una mamma di provincia, ci facciamo tutti gli affari degli altri. Qualcuno ha registrato l'incidente sul cellulare?".

Dalla bocca dei bambini. Se l'hanno fatto, potrebbe essere stato caricato online. "Come faccio a trovarlo? Quali parole chiave dobbiamo usare?".

Siamo tornati nel mio ufficio e di sicuro era lì.

"Devi dirlo agli agenti".

L'agente Ramsey rispose subito. Jasper gli inviò il link diretto mentre io lo aggiornavo sui dettagli.

Le patate erano quasi finite, così versai l'acqua e aggiunsi un po' di sale e pepe.

Jasper e io ci sedemmo a tavola con l'audio della televisione in sottofondo. C'era un aggiornamento sulla coppia colpita dalla bottiglia. Posammo le posate e ci avvicinammo. L'annunciatore disse che le condizioni della ragazza erano critiche, ma per fortuna il ragazzo era stabile.

Non avevamo più fame.

***

Non dormii molto, continuavo a rigirarmi nel letto.

Alla fine cedetti e mi preparai una tazza di tè.

Rimasi in piedi, tenendola in mano, guardando fuori dalla finestra il vento che ancora soffiava e faceva vorticare le cose. Rabbrividii.

Nella mia vita, le cose belle e le cose terribili accadevano sempre in tre.

Andai nel mio ufficio e cliccai su alcune informazioni sugli eventi soprannaturali, compresi i presentimenti. C'erano tutti i segni. L'universo stava cercando di dirmi qualcosa.

Ma che cosa?

I segni suggerivano che poteva trattarsi di uno spirito arrabbiato, di qualcuno che era stato assassinato o ucciso prima del tempo. Qualcuno che si aggirava nei paraggi in cerca di vendetta. Non riuscivo a vedere alcun legame con le vittime. Dopotutto erano dei perfetti sconosciuti.

Cominciai a scrivere furiosamente. Fare liste mi aiutava sempre a capire le cose.

Nella colonna numero uno misi me stesso. Single. Vedovo. In pensione. Un figlio. Sposata da trentacinque anni. Il marito è morto di cancro al colon. Quarto stadio. Entrambi i miei genitori erano deceduti. Ero figlia unica. La nostra famiglia aveva sempre vissuto in zona. La nostra genealogia risaliva a questa zona.

Nella lista numero due ho inserito Brent Welch. Aveva trentatré anni ed era un avvocato. Ho cercato su Google il suo necrologio. Era single. Mai sposato. Viveva da solo. Anche la sua famiglia aveva origini lontane in questa zona. Come mai non ci eravamo mai incontrati prima? I suoi parenti erano stati determinanti nel trasformare la nostra comunità in un luogo abitabile ai tempi dei pionieri. Sua madre e suo padre erano entrambi deceduti. Lui era figlio unico.

Avevamo alcune cose in comune. Questo mi fece alzare la testa.

Nella colonna successiva ho inserito Eileen Manny. Aveva trentanove anni. Aveva una sorella gemella di nome Esther che viveva in zona. Alla faccia di quella teoria. Avevano radici locali, ma non così lontane come le mie e quelle di Brent. Eileen era sposata, ma il marito era morto. I genitori di Eileen erano entrambi vivi, ma si erano trasferiti. La figlia di Eileen frequentava la stessa scuola di Jasper. Strano che non ci fossimo mai incrociati prima.

I miei elenchi contenevano poche informazioni e non erano assolutamente d'aiuto.

Ormai assonnata, tornai a letto dove liste di informazioni inutili vorticavano nella mia testa.

***

Pioveva fortissimo, ma le nuvole non erano al loro posto normale. Erano invece sotto di me. Pioveva, dal basso verso l'alto. Un altro segno del cambiamento climatico e dell'inquinamento urbano?

Fluttuavo fuori di me, mentre i piedi rimanevano saldamente piantati nelle mie Tender Tootsies. Le mie gambe erano nascoste sotto una gonna a fiori multicolore, stile anni Sessanta. Il vento la faceva volare, esponendole, mentre la gonna si chiudeva a fisarmonica e poi rientrava. In vita avevo una cintura di pelle marrone molto spessa. Era troppo stretta, mi costringeva.

Ero morta?

Mi sono pizzicata. Quindi non sono morta.

Indossavo una camicetta bianca con un alto colletto a balze e una collana di perline nere, un rosario. Feci scorrere i grani freddi tra le dita cercando di capire il significato, ma non riuscivo a ricordare cosa farne.

Il vento mi sollevò e mi portò con sé. Mi ha fatto volare in avanti e all'indietro.

I miei lunghi capelli mi scendevano lungo la schiena in una stretta treccia.

Mi trovavo su un pezzo di terra, sopra le nuvole. Non c'era molto spazio per muoversi senza paura di cadere.

"Mamma! Mamma! Svegliati! Svegliati per favore".

Era Jasper. Ero tornata.

Urlai mentre una palla di fuoco verde mi bruciava i capelli e scioglieva il rosario. Mi colò sul petto e tra le dita.

***

Mi alzai a sedere e mi guardai le dita, aspettandomi di vedere delle goccioline verdi che filtravano, ma erano pulite come un fischietto. Non era stato altro che un brutto sogno.

Mio figlio mi stava ancora chiamando. Corsi in salotto e aprii e chiusi gli occhi un paio di volte per rassicurarmi che stavo vedendo quello che vedevo. Che confusione!

Una cosa verde si era schiantata sul tetto della mia casa. Scendendo verso il suo luogo di riposo finale (il seminterrato) aveva spaccato e distrutto tutto ciò che aveva trovato sul suo cammino, spruzzando una sostanza verde neon intorno alla mia casa come un cane che marca il suo territorio. La tonalità di verde avrebbe potuto essere un tocco di classe, se non ce ne fosse stata così tanta e se non fosse stata sparsa in modo casuale.

"Cosa mai?"

"Non l'hai sentito?". Chiese Jasper. "Era come un boom sonico".

Mi avvicinai al buco. Non avevo sentito nulla. Avevo dormito, sognato. Ora ero sveglio e senza parole. Incrociai le braccia e guardai in basso. Il vapore ne usciva. Allungai il palmo della mano e, anche se era un piano sotto di noi, sentii il calore salire. Cercai di parlare, ma non c'erano parole.

Jasper mi guardò, aspettando che dicessi qualcosa.

Non sembrava niente di che, incastonato nel pavimento del mio seminterrato. Non era rotonda, né quadrata, né a forma di uovo. Aveva molte facce, era tridimensionale, sferico, quasi euclideo, un solido dodecaedro.

"Non dovremmo chiamare qualcuno?". Chiese Jasper sporgendosi dal bordo accanto a me.

"Non sono sicuro di chi dovremmo chiamare. Non siamo feriti, è la casa che lo è. Non si tratta di un fantasma, quindi la squadra di Ghost Busting non ci aiuterebbe. Non sono sicuro che Neil deGrasse Tyson o una delle riviste scientifiche facciano visite a domicilio".

Jasper rise. "Vorrei tanto che Stephen Hawking fosse ancora in circolazione".

"Credo che sia più una cosa da Stephen King", dissi.

Eravamo in uno stato di shock, ma lo tenevamo insieme con umorismo.

"Dobbiamo andare laggiù e dare un'occhiata più da vicino".

"Non lo so, mamma; la cosa irradia calore. Mi sembra di scottarmi solo stando qui".

Aveva ragione, ma non ci avevo fatto caso perché le vampate di calore alla mia età erano la norma.

"E la polizia?" Chiese Jasper, tirando fuori il telefono e scattando qualche foto.

"Non so come potrebbero aiutarci, ma almeno sono a breve distanza". Temevo l'idea di parlare con gli agenti Ramsey e Marshall.

"Questa l'ho scattata", mi mostrò Jasper, "mentre passava attraverso il tetto".

La foto dell'oggetto in movimento verso il basso lo mostrava piegarsi e dispiegarsi proprio prima di colpire.

"È distorta", ha detto Jasper. "Si muoveva molto velocemente".

Ho chiamato il dipartimento di polizia e l'agente Ramsey aveva il giorno libero, così ho chiesto dell'agente Marshall. Dopo averglielo spiegato, mi ha chiesto: "È uno scherzo?".

Avendo già inviato una foto in precedenza, gliene ho inviata una adesso. La prova. Ho aspettato.

L'agente Marshall chiese se qualcuno fosse ferito e io confermai che si trattava solo della casa. Spiegai la nostra intenzione di scendere per dare un'occhiata più da vicino. Suggerì di aspettarlo e di controllare insieme.

Dopo aver riattaccato, Jasper e io andammo in cucina e misi su il bollitore.

"Di tutte le case del mondo, perché la nostra?", chiese.

"Stavo pensando la stessa cosa, figliolo". Pensavo anche alla compagnia di assicurazioni e a quello che avrebbero detto. Prima il parabrezza rotto e ora la casa demolita. Versai l'acqua nel caffè solubile e ci sedemmo.

"Se fosse stata di giada, saremmo stati ricchi sfondati", disse Jasper.

"Sì, i cinesi chiamano la giada la pietra preziosa del cielo".

Sorseggiammo e camminammo guardando in basso, il calore che ne derivava. In aumento. Mi chiesi se potesse essere abbastanza caldo da incendiare il resto della casa. Decisi di chiamare i pompieri.

***

Poco dopo il nostro campanello iniziò a suonare con ospiti inattesi. Non erano gli agenti o i vigili del fuoco. Erano i nostri vicini. Hanno sentito l'incidente, si sono riuniti e sono venuti a indagare (e a vedere se stavamo bene).

Si sono fatti strada, vedendo che sia io che Jasper stavamo bene.

"Fa proprio caldo qui dentro", disse Artois dall'altra parte della strada. Era famoso per dire cose dannatamente ovvie.

"Cosa c'è?" chiese sua moglie, scrutando nel buco.

"La tua ipotesi vale quanto la mia", dissi io.

"I poliziotti sono qui", disse Jasper e andò a farli entrare.

"Tornate alle vostre case", chiese l'agente Marshall, ma nessuno si mosse.

I vigili del fuoco arrivarono con le manichette pronte. Seguirono il calore e spruzzarono l'oggetto dall'alto. Invece di raffreddarsi, sibilava e sputava. Usciva altro vapore. Stava diventando sempre più caldo, al punto da sciogliere i nostri vestiti.

"Ritiratevi! Ritiratevi!" Chiese l'ufficiale Marshall. I ragazzi che indossavano gli indumenti protettivi non sentivano il calore come noi. In pochi secondi cessarono l'assalto dell'acqua.

Proprio in quel momento arrivò il rappresentante della compagnia assicurativa: "Wow!", disse.

Fu l'ultima cosa che sentii.

***

Mi sono svegliato a letto con le coperte tirate fino al collo, certo di aver appena fatto un brutto sogno su una cosa verde che precipitava dal soffitto. Uscii per indagare.

Nel soggiorno vidi un gigantesco apparecchio di sollevamento che veniva calato nel buco con l'intenzione di sollevare il cratere verde dalla mia casa. Sembrava un buon piano.

La bocca della cosa si aprì, grande, più grande, poi più grande che poteva. Si infilò sotto la cosa con le fauci pronte e la strinse.

"Tutti i sistemi sono pronti!" gridò qualcuno.

L'apparato si contorse e scricchiolò. L'apparecchio si mise a cantare, poi si arrese con un sospiro e una mascella rotta. I denti metallici si piegarono e si contorsero mentre ciò che rimaneva attaccato all'apparato di sollevamento veniva tirato su.

"E adesso?" Chiesi.

"Signora", disse l'agente Marshall, "perché lei e suo figlio non prenotate in un albergo per qualche giorno? Potreste anche avere un'assicurazione che lo copra".

"Atto di Dio", dissi.

"Mio cognato è un assicuratore e gliel'ho chiesto. Ha detto che la maggior parte delle polizze copre i meteoriti, quindi se riusciamo a determinare se questa cosa è un meteorite, allora tutto sarà coperto".

"E chi decide cosa è o non è?".

"Abbiamo contattato qualcuno che potrebbe essere in grado di consigliarci o indicarci la giusta direzione".

Mi sedetti sulla mia poltrona preferita □ senza eccezioni il mio piccolo pezzo di pace nel caos.

***

Quando nessuno guardava, scesi al piano di sotto per dare un'occhiata più da vicino alla cosa. Man mano che mi avvicinavo sembrava esserci un suono, un ronzio o un ronzio che diventava sempre più forte man mano che mi avvicinavo, oltre all'aumento del calore. C'era anche un odore che mi fece mettere la mano sul naso.

In piedi, accanto ad essa, ho avuto la sensazione che tutto si fosse capovolto. Infatti, quando ho alzato lo sguardo, gli ospiti che si trovavano in salotto si sono specchiati in basso, come se il loro corpo si trovasse al piano superiore e la loro ombra al piano inferiore fluttuasse sul pavimento insieme a me. Era una sensazione strana, come se fossi laggiù ma non da sola.

Le cose simili a ombre erano immagini speculari con luci verdi, energia che conduceva all'oggetto. Ho studiato gli ospiti di sopra e la loro controparte di sotto; quando si muovevano, anche la loro energia simile a un'ombra si muoveva.

Ho camminato intorno a uno dei raggi e mi sono avvicinato alla massa caduta e il calore è diminuito. Se seguivo lo schema utilizzando le energie ombra, potevo avvicinarmi all'oggetto caduto.

Esaminandolo più da vicino, fui attratto dalle fessure sulla superficie dell'oggetto. Avevano la forma di occhi, ma non c'erano né pupilla né palpebra né ciglia. Dopo averci girato intorno, mi sentii stordito.

Per stabilizzarmi, appoggiai il braccio alla parete. Subito dopo mi accorsi che la parete si era spostata e mi trovavo fuori da casa mia. Il muro della mia cantina era diventato un tornello.

A parte l'erba, niente di quello che c'era dietro aveva l'aspetto che avrebbe dovuto avere. Il capanno non c'era più, così come il portabiciclette e la bici di mio figlio. Inoltre, le case dei vicini erano tutte sparite.

Cominciai a camminare, desiderando di avere una corda attaccata alla casa a cui aggrapparmi nel caso mi fossi perso,

Guardai in alto e non c'erano né sole né cielo. Ciò che li aveva sostituiti era solo verde sopra e tutto intorno, tranne gli alberi. Gli alberi erano senza rami, semplici tronchi che si protendevano verso il cielo.

Mi diedi un pizzicotto per essere sicuro di essere sveglio. Lo ero.

Mi voltai e osservai la mia casa. L'oggetto in avvicinamento era visibile, metà dentro e metà fuori.

Per un attimo volli tornare indietro, finché una sensazione mi assalì. Avevo voglia di cantare e lo feci. The Green, Green Grass of Home di Tom Jones.

Ondeggiando e danzando con me stessa, mi sembrava di fluttuare in una nuvola. Poi mi venne in mente una mano, la mano di mio marito Luther.

Gli ho gettato le braccia al collo e lui ha fatto lo stesso con le mie.

Ci siamo baciati e abbiamo ballato.

Quando la canzone finì, si inchinò, mi diede un bacio e scomparve.

Mi asciugai una lacrima.

***

Sentendomi più sola ora che il giorno della sua morte, mi avvolsi nelle braccia e mi diressi verso la casa.

Tornata dentro, fui attratta dall'oggetto che sembrava muoversi e ronzare. Qualcosa di diverso, stava girando in senso antiorario.

Al piano superiore sentii un urlo seguito da uno schianto. Un corpo cadde attraverso il buco, si unì alla sua energia ombra e poi si posò sulla superficie dell'oggetto. La carne dell'uomo sfrigolò e sputò, finché non rimase che una forma a X dove le braccia e le gambe dell'uomo si erano distese.

Il mio stomaco ebbe un sussulto mentre mi dirigevo al piano superiore.

***

Le facce vuote dicevano tutto.

Andai da Jasper e gli chiesi chi fosse quell'uomo. Mi spiegò che era un cameraman del giornale locale. Aveva cercato di fare l'inquadratura migliore ma si era sporto troppo.

"Tutti fuori!" Marshall pretese. Questa volta non accettò un no come risposta.

Jasper e io avevamo di nuovo la nostra casa tutta per noi, quello che ne rimaneva comunque.

***

L'agente Marshall e altri due agenti erano appostati davanti a casa mia.

Altri due agenti arrivarono e si posizionarono sul retro.

Hanno delimitato l'area con del nastro adesivo. Fecero attraversare la strada ai vicini ficcanaso.

Jasper e io tirammo indietro le tende e sbirciammo fuori proprio mentre una processione di veicoli neri si fermava stridendo. Le porte si aprirono simultaneamente come in una scena di Men in Black. Abiti neri. Ray-ban.

"Oh cielo", disse l'agente Marshall. "Credo che l'esperto che abbiamo contattato possa aver fatto intervenire le autorità".

"Oh, cavolo, se lo ha fatto", dissi io.

"Wow", esclamò Jasper quando vide l'unica donna dell'entourage.

Era vestita con un completo rosso a due pezzi, con giacca su misura e gonna sopra il ginocchio. Sotto la giacca indossava una camicetta bianca con collo aperto e una collana con un cuore di diamanti. Completavano il look un paio di tacchi rossi da 15 centimetri e una borsetta abbinata.

Gli uomini si trattennero quando la donna salì le scale.

Era chiaramente la leader del gruppo.

Jasper e io andammo all'ingresso, accanto a Marshall e agli altri due agenti. Formammo un mezzo ferro di cavallo.

La donna mostrò i suoi documenti. Era della Sicurezza Nazionale e con lei c'era un altro agente. C'erano due agenti dell'FBI, due della CIA, due del Dipartimento per la protezione degli stranieri. Due dei Servizi Segreti.

"Dov'è?", chiese la donna. Si chiamava Charlotte Cassidy. Si tolse gli occhiali da sole scuri e i suoi capelli corvini contrastarono immediatamente con i suoi occhi blu. In mano aveva un oggetto che ticchettava. "Non è così grande come lo immaginavo". Si avvicinò al buco con il dispositivo allungato e questo tacque.

"Rilevatore di radiazioni?" Jasper sussurrò.

Scrollai le spalle.

L'uomo della C.I.A., Frank Dune, continuava a mettersi gli occhiali da sole e a toglierseli di nuovo anche se era dentro. Era molto fastidioso. Il suo collega, Jake Flatts, gli diede una gomitata e gli disse di smetterla. "Signora, cosa sa di questo oggetto?".

"È caduto dal mio tetto. È assurdamente caldo. Ronza, a volte ronza. Hanno cercato di usare un carrello elevatore per portarlo via da qui, ma si è rotto". Mi avvicinai, facendo cenno di spiegare la forma a X lasciata dal morto.

"Non c'è più", disse Jasper.

"Cosa è sparito?" Chiese Charlotte.

Intervenne l'agente Marshall. "Un fotografo è caduto e si è sciolto su di essa. C'era un'impronta del suo corpo, a forma di X, ma non è più visibile".

"Forse non c'è mai stata?", disse.

"C'era assolutamente", dissi, "abbiamo molti testimoni".

"Gesù!" disse uno dei ragazzi del Dipartimento per la Protezione degli Alieni (T.D.F.T.P.O.A.). Si chiamava Alex Greene e non vedeva l'ora di andare a vedere.

Charlotte prese l'iniziativa, suggerendo di dividere il gruppo. Indicò chi doveva rimanere al piano di sopra e chi doveva scendere con lei. Io sono stato incluso in quest'ultimo gruppo.

Alex Greene e la sua compagna Jessie Filtch erano chiaramente contrariati per essere stati esclusi, ma Charlotte ha pensato che fosse meglio per lei e la sua squadra accedere per primi al pericolo prima di lasciare liberi gli altri.

***

Quando raggiunsi la scala inferiore, dopo aver camminato lentamente per poter pensare durante il tragitto □ a volte essere vecchi ha i suoi vantaggi □ mi chiesi se avrei dovuto raccontare del ballo con mio marito. Mi resi conto che avrei dovuto farlo, anche se in realtà non erano affari loro.

Notai subito un cambiamento nell'oggetto. In due delle fessure simili a occhi c'erano due occhi veri e propri. Il colore non era però umano, perché c'erano macchie di verde sullo sfondo e al posto della pupilla c'era qualcosa di rosso fuoco. Ho avuto un sussulto e sono passato oltre.

Una volta ripresomi, mi aspettavo che gli ospiti si stupissero o almeno si interessassero alle ombre emanate dalle persone al piano di sopra. Stranamente, non sembrarono accorgersene.

Charlotte era occupata ad agitare il suo ticchettio ormai inarrestabile. Si avvicinò a me. "Cosa ti preoccupa esattamente di questa cosa? A me sembra perfettamente innocuo".

Mi salvò dal dire qualcosa di cui mi sarei pentito P. G. Willow ("Pinguino" in breve) □ il rappresentante della Sicurezza Nazionale. "Abbia un po' di sensibilità, per favore. La casa di questa donna è stata invasa e fatta a pezzi". Fece una pausa: "Avete considerato che potrebbe schiudersi?".

"Non ha nemmeno la forma di un uovo", ribatté Charlotte dopo essersi schernita.

"Un uovo come lo conosciamo noi", ribatté Pinguino.

Charlotte sgranò gli occhi.

"Quello che mi preoccupa", dissi cercando di non sembrare troppo arrabbiato quando mi sentivo arrabbiato, "non è tanto questa cosa, ma tutti voi che state calpestando la mia casa. Perché siete qui? Perché non ci sono i ragazzi del Dipartimento per la Protezione degli Alieni, invece dell'FBI, della C.I.A. e della Sicurezza Nazionale?".

"Fa molto caldo", si offrì lo sportellista della Sicurezza Nazionale di Charlotte. Si chiamava Brad Hitt ed era bravo a dire cose dannatamente ovvie, come lo era stato il mio vicino.

Mi aggiravo intorno, cercando di attirare l'attenzione sulle ombre. Camminando dentro e fuori di esse. Niente.

Ero forse l'unico a vederle?

"Cosa sono quegli spazi vuoti nella superficie?". Chiese Hitt.

Mi avvicinai e gli chiesi quali fossero. Mi chiesi cosa potesse vedere e cosa no. Mi rispose che si trattava di centinaia o migliaia di fessure vuote. Poi allungò la mano e avrebbe toccato la cosa se non l'avessi fermato in tempo.

"Stai cercando di ucciderti?"

Charlotte intervenne: "Penso che abbiamo visto abbastanza. La cosa deve essere raffreddata. Chiama i vigili del fuoco. Dopo che l'avranno raffreddata, potremo portarla fuori di qui. Facile facile".

Le raccontai cosa era successo quando i vigili del fuoco ci avevano provato.

Charlotte parlò direttamente al telefono: "L'oggetto in questione si riscalda quando vi si versa sopra dell'acqua. Ripeto, si riscalda invece di raffreddarsi quando vi si versa dell'acqua fredda". Attraversò la stanza. La seguimmo tutti.

"Aspettate un attimo", disse Hitt. Tutti aspettammo. "Non importa", disse.

Charlotte e il suo entourage se ne andarono dopo averci dato istruzioni specifiche:

#1. Nessuno nuovo è ammesso in casa.

#2. Non pubblicare nulla sui social media o altrove senza il suo permesso.

Poi se ne sono andati, tranne due.

***

Rimanevano Alex Greene e il suo partner, Jessie Filtch. I due ragazzi del Dipartimento per la Protezione degli Alieni.

"Mamma, posso parlarti?".

Ci scusammo e andammo nel mio ufficio.

"Mamma, penso che questi due ragazzi siano degli idioti".

"Jasper, che cosa da dire".

"Penso che dovremmo chiamare qualcuno, un esperto. Come Sam e Dean di Supernatural. Loro saprebbero cosa fare".

Scossi la testa. "Jasper, sono personaggi di fantasia".

"Lo so mamma, ma ci devono essere dei tipi così nella vita reale".

"Perché non navighi in rete e vedi cosa ti viene in mente?".

Lasciai Jasper nel mio ufficio e andai a cercare Alex e Jessie. Indossavano uno strano equipaggiamento protettivo che comprendeva uniformi e maschere e, con le pistole che portavano con sé, sembravano gli Acchiappafantasmi.

Mi aspettavo di fare da apripista, ma invece seguii i ragazzi. Stavano trasportando un sacco di roba extra, tubi e gadget. Uno dei due ragazzi aveva un ticchettio.

I ragazzi lavoravano bene insieme, con una strana osmosi. Uno sapeva cosa pensava l'altro prima di comunicarlo. Si avvicinarono all'oggetto e, indossando guanti protettivi, vi posarono sopra le mani. Le loro tute fecero il loro lavoro all'inizio. Si scambiarono un'occhiata e si fecero il segno del pollice in su.

Mi avvicinai un po' di più, percependo uno strano odore. Qualcosa stava bruciando. Si accese prima il guanto di Jessie e poi quello di Alex. Corsero verso il lavandino e si strapparono i guanti disintegrati con l'altra mano. Le loro mani erano state bruciate, ma non era così grave come avrebbe potuto essere.

"Wow!" Disse Jessie dopo essersi tolto la maschera. "Quel figlio di puttana è più sexy dell'inferno".

Questo sfogo di verità mi fece ridere mentre Alex si toglieva la maschera. "Hai notato la cosa?

I due uomini si guardarono e poi guardarono me. Non sapevo bene a cosa si riferissero e quindi rimasi in silenzio.

"Sì", disse Jessie. "Gli occhi".

Ero sorpreso che potessero vederli e lo dissi.

"Aspettate un attimo", disse Alex. "Ci stai dicendo che riesci a vederli senza alcun equipaggiamento oculare?".

Annuii.

"Cos'altro riesci a vedere?" Chiese Jessie.

Esitai e dissi che sarei tornato subito. Si rimisero i cappucci e io andai di sopra a dimostrare l'energia dell'ombra. Ho aspettato, aspettandomi di sentire qualcosa da loro, come un urlo di gioia, ma non ho sentito nulla".

"Oh, sei tornato", dissero.

"Hai notato qualcosa?".

"Posso usare il vostro bagno?" Disse Alex e salì al piano di sopra.

Jessie si mise il cappuccio e quando Alex tornò si scambiarono un'occhiata.

"Allora, riuscite a vedere le ombre?".

"Ci abbiamo messo le mani", ammise Jessie. "E siamo anche riusciti a leggerlo".

Mi avvicinai. "Non tenetemi sulle spine".

"È un bagliore di aria ionizzata, atomi di Rydberg, da cui la tinta verde", disse Alex. "È difficile da spiegare, perché di solito si verifica solo nello spazio o in luoghi come l'aurora boreale. È estremamente raro, voglio dire che è inaudito nel seminterrato di qualcuno".

Rimasi a bocca aperta. La richiusi.

"È a base di alluminio", spiegò Jessie. "Non è tossico o pericoloso. Pensiamo che l'oggetto sia arrivato qui per caso, da molto, molto lontano. Date le dimensioni e la forma, per non parlare del peso, non sarà facile rimandarlo indietro. Anzi, probabilmente non abbiamo la tecnologia per farlo".

"Ho bisogno di bere", dissi.

Mentre mi dirigevo al piano di sopra, Jessie chiese: "E il muro?".

"Ammesso che riesca a vederlo", disse Alex.

Facendo finta di non averli sentiti, continuai. Poi buttai giù un bicchierino di whisky.

"Mamma?"

"Sono in cucina, amore".

"Ho trovato due ragazzi, come Sam e Dean. Stanno venendo qui ora, a circa quarantacinque minuti di distanza, usando il loro GPS. Spero che non ti dispiaccia, ma ho offerto loro un conto corrente. Fino a cento dollari per coprire le spese".

Ho sorriso. "Va bene."

"Hanno un sito web e molte testimonianze ed esperienze nel campo del soprannaturale, dell'occulto e dell'alieno".

"Ottimo lavoro, Jasper. Fammi sapere quando arrivano. Nel frattempo terrò occupati i due ospiti di sotto".

"Stai bene, mamma? Sembri un po' stanca?".

"Sono stanca, ma allo stesso tempo eccitata".

"Anch'io!"

***

Sono tornata in cantina, confermando di poterlo vedere.

"L'hai attraversato? Dall'altra parte?". Chiese Jessie.

"Sono andato oltre e mi sono appoggiato al muro in questo modo". Lo dimostrai e ancora una volta passai dall'altra parte. I ragazzi erano già vestiti e mi seguirono.

"Com'è l'aria?" Chiese Jessie.

"È fresca e bella".

Si tolsero le maschere.

"Quando hai notato per la prima volta il vuoto?". Chiese Alex.

"In realtà non l'ho notato, mi ci sono avvicinata per caso".

"Sembra molto strano con tutto questo cielo verde", disse Alex. Toccò l'erba e disse che sembrava artificiale.

Camminarono nella direzione opposta a quella in cui ero andato prima. Io li seguii da vicino. Camminammo per un bel po', ascoltando attentamente la quiete. "Perché l'avete chiamato il vuoto?".

"Stava solo scherzando", disse Jessie. "Il vuoto è come chiamano una cosa del genere nel mondo dei giochi o della realtà virtuale. Non siamo ancora certi di cosa sia, ma abbiamo l'impressione che questo mondo sia quello da cui proviene il vostro oggetto".

"Infatti", ha aggiunto Alex. "Quell'oggetto si mimetizzerebbe qui, come un camaleonte".

Ho sentito un forte fischio. È interessante notare che in quest'altro luogo potevo sentire i suoni provenienti dall'interno della mia casa. Alex e Jessie non reagirono al suono, mentre io tornavo verso l'ingresso ed entravo direttamente. I ragazzi erano alle mie calcagna, ma non sono entrati. Allungai la mano nel vuoto (in mancanza di una parola migliore) e poi la tirai indietro. Era pieno di una sostanza verde gelatinosa. Entrai di nuovo con entrambe le mani, cercando disperatamente Jessie e Alex. Urlai i loro nomi attraverso il muro e provai anche a spingermi indietro, ma non ebbi fortuna.

Jasper sussurrò a voce alta.

"Portali qui sotto Jasper, credo che ci serva il loro aiuto, ORA".

***

I nostri Sam e Dean erano due giovani ragazzi, appena più grandi di Jasper. Erano carichi di equipaggiamento mentre scendevano le scale. Il più alto dei due aveva i capelli biondi e si chiamava Bert (abbreviazione di Albert) e il secondo giovane, che aveva un taglio di capelli alla militare, si chiamava Leo (abbreviazione di Galileo).

Dopo aver scambiato alcuni convenevoli, spiegai degli agenti scomparsi e del vuoto.

Leo parlò in un microfono che aveva sul telefono. Descrisse l'oggetto, comprese le dimensioni e le misure. Mi chiese di spiegare come funzionava il vuoto.

Bert si avvicinò all'oggetto verde per vederlo da vicino. Allungò la mano e toccò l'oggetto prima che potessi fermarlo.

"È assolutamente fresco", ha detto. "Intendo dire a livello di temperatura. Vista la descrizione che ne ha fatto Jasper prima, direi che qualcosa è andato in cortocircuito".

Lo toccai io stesso; la sensazione era eccezionalmente liscia e fredda. Ho cercato il paio di occhi, senza fortuna. Mi chiesi quali fossero le ombre e chiesi a Jasper di correre su per le scale, in modo da poter controllare. Niente. Bert e Leo mi guardarono con attenzione.

"Penso che chiunque sia il proprietario di questa cosa debba avere un raggio traente su di essa".

"Dovremmo dire che aveva un raggio traente", disse Bert. "Perché sembra che non funzioni bene".

"Posso scendere adesso?" Chiese Jasper.

Mi scusai per essermi dimenticato di lui.

"I ragazzi dall'altra parte, come si chiamano?". Chiese Leo.

Li chiamammo. Niente.

"Allora, il raggio traente", dissi, "ha smesso di funzionare, quindi come lo ripariamo? E se lo ripariamo, saranno in grado di riavvolgerlo?".

"Se riuscissimo a far aprire il vuoto, allora potremmo spingere l'oggetto attraverso di esso", disse Leo.

"E riportare indietro i ragazzi", aggiunse Jasper.

Avrei comunque avuto un enorme buco nel tetto, ma almeno avrei potuto farlo riparare.

Tutti e quattro insieme ci posizionammo su un lato dell'oggetto. "Al tre", disse Bert, e lo spingemmo con tutto quello che avevamo.

"È stata un'idea intelligente", disse Bert quando non riuscimmo a spostarlo di una virgola. Esitò un attimo e poi chiese: "Quando eravate dall'altra parte, avete percepito qualche pericolo?".

Ci pensai su. Non l'avevo percepito e lo dissi. "Una cosa", ammisi. "Jasper, questo sarà uno shock per te. Speravo di potertelo dire in privato".

Gli spiegai del ballo con mio marito. Preoccupata, chiesi a Jasper cosa ne pensasse. Mi rispose che avrebbe voluto essere lì con me.

"Ha chiesto di me?"

Avrei voluto che lo facesse, ma non lo fece. È successo tutto così in fretta.

"Fammi capire bene una cosa", mi interruppe Alex. "Non era tuo marito. Era una manifestazione di tuo marito. Gli esseri soprannaturali possono leggere la mente, alcuni possono evocare spiriti e persino replicare i vivi".

"Ma sembrava reale, aveva anche un odore reale".

"È esattamente quello che vogliono farti credere", disse Leo.

Fuori sentii le gomme di un'auto che si fermavano stridendo.

"Sono tornati", dissi mentre ci dirigevamo verso la porta d'ingresso.

"Dannazione", dissero Leo e Bert. "Abbiamo il diritto di stare qui. Non andiamo da nessuna parte".

Aprii la porta.

Rimanemmo saldamente al nostro posto, con un forte senso di determinazione che non ci avrebbe fatto smuovere.

***

A guidare il gruppo questa volta non c'era Charlotte. Era invece il Presidente.

Era più alto di tutti gli altri, vestito con uno spesso soprabito accentuato da un paio di guanti di pelle. Le sue guardie del corpo si tenevano vicine, parlavano ai microfoni e si facevano sentire.

"Signor Presidente", dissi con un inchino. Mi ha teso la mano non guantata. Gli presentai Jasper, poi Bert e Leo. "Benvenuto a casa mia, signor Presidente".

Chinò il capo, entrò e chiese: "Allora, dove sono passati?".

Come faceva a saperlo? Avevano messo delle cimici in casa mia? Ero infastidito e lo dissi.

Charlotte si fece avanti con il telefono allungato e premette play. Sul suo telefono c'era un messaggio di Jessie e Alex.

"Porca vacca!" esclamò Bert.

"Perché non ci abbiamo pensato?". Chiese Leo.

"Non ci pensereste ora, vero?". Charlotte disse con un'arroganza indecorosa che le sopracciglia alzate del Presidente indicavano non gradire.

"Seguitemi", dissi e li condussi nel seminterrato.

"Aspettate un attimo", disse il Presidente. "Come mai questa cosa non emette più calore?". Si rivolse a Charlotte. "Pensavo avessi detto che era rovente".

Charlotte capì che il Presidente aveva ragione e chiese un aggiornamento.

"Sembra che sia successo quando i ragazzi sono andati nel vuoto", proposi.

"Chiamali di nuovo", ordinò il Presidente, Charlotte provò, ma non risposero.

Bert disse al Presidente: "Stavamo valutando la possibilità di portare la cosa fuori di qui ora che è fredda. Se riuscissimo ad aprire il vuoto e a far entrare e uscire i ragazzi, potrebbe essere considerato come uno scambio di buona volontà".

"A chi?" chiese il Presidente.

"A chiunque l'abbia mandato qui", disse Leo.

"Per favore, dimmi di più", disse il Presidente e presto anche Charlotte e il suo entourage furono riuniti ad ascoltare.

"Pensiamo", disse Leo, "che la persona a cui appartiene questa cosa deve averla dotata di un raggio traente. Pensiamo che il raggio traente abbia avuto un malfunzionamento □ ma in ogni caso, dobbiamo tirare fuori quei due ragazzi prima che si riaccenda".

Il Presidente strinse la mano a Leo e Bert. Si rivolse a Charlotte. "Assumete questi due".

I ragazzi furono lusingati ma declinarono l'offerta, poi spiegarono le loro esperienze passate con il soprannaturale, l'occulto e l'alieno. Raccontarono al Presidente dei loro oltre cinque milioni di visualizzazioni su YouTube e dei milioni di follower sui social media.

"Beh, questo è davvero impressionante", disse il Presidente. La sua mano si è infilata in tasca, ha tirato fuori due biglietti da visita e li ha dati ai ragazzi. A loro volta, gli diedero i loro biglietti da visita.

"Ora veniamo al problema", disse il Presidente. "Come far tornare i nostri ragazzi e subito".

Mi appoggiai al muro, come avevo fatto in precedenza, sperando di passare attraverso, ma questa volta non funzionò.

***

Riuscimmo a spostare leggermente l'oggetto verde, in modo che fosse in posizione se il vuoto si fosse aperto.

"Ora possiamo solo aspettare", disse il Presidente. Poi chiamò Charlotte, ci ringraziò per essere stati degli ottimi cittadini e fece una mozione per partire.

"Posso chiedere un favore?" Bert disse.

"Certo", rispose il Presidente.

"Possiamo fare un selfie per il nostro sito web?".

Il Presidente ha risposto: "Nessun problema" e ne hanno fatti diversi.

Siamo saliti al piano di sopra e abbiamo aspettato un segno. Un segno qualsiasi.

***

Il giorno divenne notte.

Fuori il vento fischiava e scuoteva le tegole del tetto come se stesse facendo una gara contro se stesso. Chiusi gli occhi, rabbrividii, guardai in alto attraverso la fessura del soffitto e individuai un raggio di luce nella notte stellata, stellata.

Ho sussultato e subito tutti erano in piedi vicino a me e guardavano in alto.

"Wow!" Leo esclamò. "Credo sia il raggio traente".

"A proposito di teletrasporto, Scotty!". Disse Bert.

Il raggio traente scese, attraversò il buco e scese nel seminterrato dove si agganciò all'oggetto verde. Anche il raggio traente era verde, ma luccicava e tremava mentre si allungava per afferrare l'oggetto.

Una volta che ebbe una presa salda, sembrò fermarsi, poi riavviò i motori. Il suono fu assordante e tutti ci coprimmo le orecchie, mentre sollevava l'oggetto prima lontano dal muro e poi lentamente ma costantemente verso il cielo.

Non riuscivamo a distogliere lo sguardo. Potevamo essere in pericolo, ma non riuscivamo a distogliere lo sguardo. Si alzava sempre più in alto, verso il cielo notturno. Uscimmo fuori, per vedere meglio cosa c'era all'altro capo, ma da ogni prospettiva non si vedeva nulla, se non il raggio di una linea verde che portava via l'oggetto.

Una volta che l'oggetto era completamente scomparso, così in alto da essere invisibile a occhio nudo, siamo rimasti insieme in piedi in silenzio, finché non ho detto: "Ok, l'oggetto è scomparso, ma cosa faremo con Alex e Jessie? Sono ancora intrappolati nel vuoto".

"Credo che ci serva un piano B", disse Leo.

"Lo lasciamo a voi", disse Charlotte mentre premeva il tasto di chiamata rapida del suo telefono e informava il Presidente, dichiarando poi il caso chiuso. "Non ci sono problemi di sicurezza e non ci sono alieni". Lei e il suo entourage fecero i bagagli e si diressero verso i loro veicoli.

"Aspettate un attimo!" Gridai. "Non le importa nulla dei suoi uomini?".

"Danno collaterale", disse Charlotte sbattendo la portiera della sua auto. Si allontanarono.

"Credo che tocchi a noi", dissi.

Bert e Leo si guardarono.

Bert disse: "Mi dispiace, ma non sappiamo cosa fare o come riportarli indietro. Ce ne andiamo anche noi, a dormire un po'. Vi chiameremo domattina se ci viene in mente qualcosa".

Io e Jasper non eravamo divertiti. Ora che l'oggetto era sparito, tutti se ne stavano andando. Abbandonandoci.

Jasper andò in camera sua e io mi misi in pigiama, pensando continuamente agli uomini scomparsi. Cercai di distrarmi leggendo un romanzo giallo, ma il mistero sotto il mio stesso tetto richiedeva la mia attenzione. Dopo due ore di agitazione mi alzai per prepararmi una tazza di tè.

Avrei indossato la vestaglia se avessi saputo che stava arrivando qualcuno.

***

Sorseggiando il tè, chiedendomi come avrei potuto risolvere il dilemma, guardai le stelle, mentre una lacrima mi scendeva sulla guancia. Due uomini si erano persi da qualche parte nel vuoto, senza famiglia, senza amici, senza paese. Erano stati cittadini coraggiosi. Meritavano di meglio.

Presi un biscotto al cioccolato e stavo per dare un morso quando notai una stella verde scintillante. Una stella verde? Mi sfregai gli occhi, ma era ancora lì, a farmi l'occhiolino. Uscii fuori, per avere una visione completa del cielo notturno.

Non era una stella.

Si stava muovendo, cadendo velocemente nella mia direzione, diventando sempre più grande.

"Oh no!" Gridai a nessuno. Poi chiamai Jasper e lui uscì di corsa. Puntai il dito verso l'alto, pensando a una mossa rapida se avessimo dovuto toglierci di mezzo.

Quando la distanza tra loro e noi si ridusse, non riuscimmo a contenere la nostra eccitazione e saltammo di gioia quando la cosa si fermò ed eccoli lì.

Due ombrelli neri si aprirono, Alex e Jessie ne afferrarono uno ciascuno e iniziarono la loro discesa verso di noi. Indossando tute di materiale riflettente, Alex e Jessie caddero dolcemente verso di noi.

Dopo essere atterrati dolcemente, i due si sono infilati nelle tute e hanno tirato fuori due bottiglie verdi. Dopo aver aperto la parte superiore, ne hanno bevuto il contenuto. Si sono tolti le tute rivelando gli abiti con cui erano partiti. Infilarono di nuovo le bottiglie e le attaccarono agli ombrelli.

Il raggio traente si agganciò agli ombrelli e alle tute. Salutammo con la mano gli oggetti che venivano trascinati verso il cielo e li guardammo finché non riuscimmo più a vederli.

"Bentornati!" esclamammo Jasper e io.

"Potrei uccidere una tazza di tè!". Disse Alex.

"Io preferirei uno shot di whisky", disse Jessie.

"Chi erano?" Chiesi. "O dovrei dire COSA erano?".

"Tutto a tempo debito", dissero all'unisono i nostri due eroi ritornati. "Ma prima dobbiamo mangiare biscotti e bevande".

Si abituarono a essere tornati, mentre io preparavo tutto. Ci sedemmo insieme a tavola, sorseggiando. Aspettando. Non avevano nulla da dire. Nessuna domanda per noi, anche se l'enorme oggetto verde non era più in casa mia.

La mia pazienza cominciava a scarseggiare, così chiesi loro di raccontarci cosa era successo.

"È stata una breve vacanza", disse Alex.

"Sì, una vacanza pagata", disse Jessie.

Mi alzai in piedi. "Cosa volete dire? Dove eravate? Chi ti aveva preso? Sei stata imprigionata? Che tipo di persone erano? Come hai fatto a convincerli a rimandarti indietro?". Mi sedetti di nuovo.

Jasper continuò: "E cos'era quella cosa verde? Perché era qui? Qualcuno è stato preso a calci nel sedere per averla fatta cadere?".

Gli uomini si guardarono l'un l'altro con aria assente. Non avevano idea di cosa stessimo parlando. A proposito di sprovveduti.

"Mamma, credo che gli alieni abbiano cancellato le loro menti".

"Sono d'accordo. A proposito di tabula rasa".

Non c'era altro da dire o da fare, se non andare a dormire. Jessie si sdraiò sul divano, Alex sulla poltrona La-Z-Boy.

Alex saltò in piedi. "Oh, prima che mi dimentichi".

Anche Jessie saltò. "Sì, abbiamo qualcosa per te".

Jasper e io ci guardammo, come se fossero stati pungolati o scioccati.

Jessie tirò fuori dalla tasca un astuccio verde scintillante. Quando lo presi in mano si increspò e mi sembrò molto fresco. Lo aprii e rimasi a bocca aperta. Dentro c'era la medaglia di San Cristoforo di mio marito. Quella che gli avevo regalato in occasione del nostro primo anniversario di matrimonio.

Alex passò un oggetto simile a Jasper. Dentro c'era l'orologio di suo padre. Jasper lo mise subito al polso. "Ha detto qualcosa su di me?".

Alex disse: "Vi vede ogni giorno, tutti e due. È vero quello che si dice: le persone che amiamo non sono mai lontane da noi".

Sia Alex che Jessie saltarono, questa volta all'unisono. "Dobbiamo andare".

"E adesso?" Chiesi. "State bene?"

"Sì", dissero insieme. "Dobbiamo consegnare qualcosa al Presidente. Adesso".

Una macchina si fermò fuori e loro partirono.

***

"Dobbiamo consegnarglielo noi", chiesero Jessie e Alex.

Era notte fonda, ma il Presidente accettò di riceverli.

Quando entrarono nello Studio Ovale, il Presidente era seduto e indossava il suo accappatoio di seta.

"Cosa avete per me?", chiese il Presidente.

Insieme, Jessie e Alex gli presentarono l'oggetto. Si trattava di un bottone verde di dimensioni eccezionali. Su di esso c'erano le seguenti parole: "SPINGIMI. FALLO E BASTA".

"Cosa succederà?", chiese il Presidente.

"Non lo sappiamo".

"Devo chiederlo a qualcuno, a uno dei miei consiglieri. Non posso semplicemente...".

"Ma lei è il Presidente", disse Jessie.

"Sì, puoi fare tutto, no?".

Il Presidente mise il pulsante verde sulla scrivania accanto a quello rosso. Insieme avevano un aspetto piuttosto natalizio.

Jessie e Alex dissero: "Fuori. Fuori. Fuori".

"Ok ragazzi, ok", disse il Presidente. "Andiamo".

Una volta fuori il Presidente non vedeva l'ora di spingere e lo fece.

Il cielo si trasformò da blu a verde, mentre un raggio traente copriva il Paese da costa a costa, tirando fuori ogni singolo AR-15.

## EPILOGO

Molto, molto lontano, sul pianeta con il cielo e la terra verdi ma dove gli alberi non erano altro che tronchi, gli alieni riutilizzarono i materiali terrestri che avevano raccolto.

Gli AR-15 furono trasformati in rami.

Le bottiglie erano appese ai rami e fischiavano al vento.

Gli ombrelli proteggevano dalla pioggia e dal sole.

Quando gli alieni avevano bisogno di altri AR-15, accendevano il pulsante e i Presidenti lo spingevano sempre.

# DARRYL E ME

LO STESSO GIORNO IN cui ho scoperto di essere incinta, mio marito è morto.

Sono in una zona di guerra. Non sono sola. Il mio bambino è con me, dentro di me.

Incrocio le braccia sul mio bambino, proteggendolo, mentre cammino per strada e le bombe esplodono intorno a noi. Cerco di trovare un riparo per noi, ma le bombe sono sempre più vicine.

Sono smarrita, ma non ho paura. Il mio bambino mi dà un calcio sulla mano per rassicurarmi. Siamo uniti mentre il resto del mondo esplode.

Mi fermo e mi guardo in uno specchio al centro della strada. Indosso un vestito rosso brillante con scarpe rosse e calze nere abbinate. Mi scompiglio i capelli con le dita e cerco nella borsetta un po' di lucidalabbra. Imprimo un bacio sul vetro, poi butto indietro la testa e mi scatto un selfie. Lo pubblico su Instagram. O cerco di farlo. Non sono sicura di avere abbastanza barre.

Sento una sirena che urla. Viene nella mia direzione. Si dirige verso lo specchio. Mi allungo per afferrarla, ma una mano afferra la mia. Urlo. La sirena urla.

"Entra dentro. Sei impazzito? Sali!" dice l'autista dell'ambulanza in una lingua che non conosco e non capisco. Per fortuna ci sono i sottotitoli.

Esito prima di salire. Devo trovare Darryl. Darryl è qui da qualche parte e il nostro bambino ha bisogno di suo padre. Darryl sta cercando me e noi stiamo cercando lui. Il nostro bambino è la calamita. Il radar. Il GPS.

Getto indietro la testa e grido il suo nome forte e chiaro: "Darryl!". Ascolto e poi grido di nuovo. Richiamo il suo nome e ascolto. L'autista dell'ambulanza dice che sono pazzo e inserisce la retromarcia.

L'ambulanza urta lo specchietto ed esplode una bomba. I pezzi volano dappertutto.

C'è molto sangue su pezzi di vetro.

Mi sveglio e urlo.

***

Ho fatto lo stesso sogno ogni notte dopo la morte di Darryl. Continuavo a rivivere come era successo, anche se non ero lì.

Era un'operazione di routine come parte della Forza di Pace delle Nazioni Unite.

È un meccanismo di coping, questo sognare, vivere. Cercare di trovare l'uomo che amo quando lo abbiamo seppellito. Il funerale è stato bellissimo. Ero così orgogliosa di Darryl. Ha rinunciato alla sua vita per la causa e lo capisco. Lo ammiro per la sua dedizione perché lo ha reso un uomo migliore.

Hanno drappeggiato la bandiera sulla sua bara. Ho gettato a terra due manciate di terra e sono caduta in ginocchio singhiozzando. Mia madre e altre persone, tra cui i miei amici, cercarono di aiutarmi, ma io li allontanai con un urlo. Volevo stare da sola con Darryl. Volevo dirgli del bambino.

Del nostro bambino.

Non me ne sarei andata prima di aver avuto la possibilità di dirgli addio. Mi sdraiai a pancia in giù accanto alla tomba aperta, appoggiando la testa sulle braccia. Gli dissi quanto lo amavo e gli dissi addio prima di dargli un bacio e alzarmi in piedi.

La mamma era al mio fianco e anche Moni. Ognuno prese una delle mie braccia e mi ricompose. Ci dirigemmo verso la macchina.

Mentre tornavamo a casa, sentii la presenza di Darryl. Le sue braccia mi avvolsero. Mi si rizzarono i peli sugli avambracci, sentivo il suo odore. Lo sentivo.

Poi, non c'era più.

A casa, dentro la porta, mi aspettava una scatola di forma oblunga con un fiocco al centro. Volevo chiedere cosa ci facesse lì, ma il dolore che c'era nella stanza mi spazzò via. Fluttuai da una persona all'altra, assumendo i loro "mi dispiace tanto" e "col tempo andrà meglio". Le solite stronzate del dopo funerale.

Dopo che se ne sono andati, mi sono sentita vuota.

La mamma mi rimboccò le coperte, come era solita fare quando ero piccola.

Dopo essersi chiusa la porta alle spalle, alzai i pugni chiusi verso il cielo per aver preso Darryl.

Poi mi inginocchiai per ringraziare il nostro bambino che cresceva dentro di me.

***

Mi sveglio fissando il vuoto accanto a me, asciugandomi la bava dagli angoli della bocca. Il campanello sta suonando. Getto indietro le coperte e salgo sul pavimento. Prima ancora che riesca a uscire dalla nostra stanza, mia madre mi vola addosso con le braccia spalancate.

Devo chiederle indietro quella chiave.

"Ero così preoccupata", dice, abbracciandomi, stringendomi e facendomi sentire di nuovo una bambina. Si allontana e mi guarda in faccia.

Spingo i capelli dietro l'orecchio sinistro e cerco di sorridere. Mi dirigo verso la cucina e, quando ci arrivo, riempio d'acqua la caffettiera. Apro la lavastoviglie per tenermi occupata mentre la macchina del caffè sputa dietro di me. La mamma chiude lo sportello della lavastoviglie, preme i pulsanti necessari e mi appoggia su una sedia dove non mi lascia altra scelta che sedermi.

Lei è al posto di Darryl e io non sono al posto di nessuno. Quando se ne accorge, si sposta sull'altra sedia di nessuno. Si alza prima di me e versa il caffè. Io aggiungo panna e zucchero al mio e sorseggio. Un sorso è sufficiente. Corro in bagno. Ho dimenticato che il caffè ha scatenato le nausee mattutine per alcune mie amiche.

Quando torno in cucina, mamma ha preparato una tazza di camomilla decaffeinata. È destinata a calmarmi.

Mi siedo, sorseggio l'amara bevanda calda e osservo la mamma che si muove in cucina come una persona in missione. "Ti sto preparando un po' di pane tostato", dice, mentre spunta fuori quasi al momento giusto. Mamma usa il coltello per spappolare la crosta, un altro flashback di quando ero bambina. Poi spalma il burro e si gira a guardarmi.

La mamma aggiunge un po' di marmellata di fragole e va in frigorifero. Tira fuori il blocco di formaggio e lo sminuzza sul mio toast. Lo rimette sopra il tostapane (con il lato della marmellata e del formaggio rivolto verso l'alto) e spinge il pulsante per far scaldare il toast per qualche secondo.

Questo è un altro rituale della mia infanzia e sono grata che sia qui.

La mamma taglia il toast a triangoli e non riesco a credere a quanto sia buono quando lo mordo. Mangio entrambe le fette e poi sorseggio un altro po' di tè, che ora non ha più un sapore amaro da quando ha messo qualche spruzzo di miele. Lei pensa che non me ne sia accorta... Prendo la mano della mamma e la ringrazio ancora una volta.

Il bambino non ha più fame.

La mamma del bambino non è più comodamente intontita.

La nonna del bambino non si sente più inutile.

La mamma pulisce, blaterando del più e del meno. Io ascolto senza apprezzare i suoi sforzi di distrazione. Le permetto di pensare che le sue tattiche di distrazione stiano funzionando. A dire il vero, non riesco a seguire la sua linea di pensiero e il suo ritmo. Mi sembra di ascoltarla da sott'acqua.

Ride. Io salto. Sono tornato da dove la mia mente ha viaggiato. Sono andata da qualche parte in un lampo. Mi sono sentita andare via.

Ero una bambina, nascosta nel sottoscala. Poi ho salito le scale e sono entrata nell'armadio, dove era molto buio. Le maniche della camicia di mio padre si muovevano. Corsi fuori, rivelando il mio nascondiglio. Mi hanno beccato.

"Ricordo quel momento", dice la mamma, riportandomi al presente. È come se raccontasse la storia per la prima volta. "Quando eri piccola nascondevi le croste. Prima che iniziassi a schiacciarle con un coltello, le trovavamo nelle tasche, nelle fioriere. Ah, quelle nelle fioriere. Queste si inzuppavano d'acqua, uccidendo alcune piante prima che capissimo cosa stavi facendo".

"Uccidere le piante", imito.

Si avvicina a me, si inginocchia e mi chiede: "Stai bene, amore?".

Quasi rido alla sua ridicola domanda, ma mi fermo prima di farlo, prima di dire: "NO, non sto bene, cazzo". Darryl. Gesù

Darryl. Spingo la sedia indietro, creando spazio tra me e mia madre, e mi alzo in piedi. Sono come uno zombie. Ma non ho bisogno di nutrirmi di carne umana. Voglio Darryl. Sorrido quando ripeto nella mia testa: "Ho bisogno di nutrirmi, ho bisogno di nutrirmi, ho bisogno di nutrirmi".

Ora che sono in piedi, dovrei muovermi. I miei piedi vogliono andare da qualche parte, ovunque, eppure mi ritrovo a fare l'esatto contrario. Mi siedo di nuovo. La mamma fa lo stesso. Sorseggia la sua tazza di caffè, probabilmente ormai fredda.

Mi alzo e dico: "Sono stanca", anche se mi sono appena svegliata, lo so. Lei lo sa. Eppure non me ne frega un cazzo. Torno verso la nostra stanza, la mia stanza, con mia madre che mi segue. Quando mi raggiunge, appoggia la mano destra sul mio fianco come se avesse bisogno di guidarmi. Come se potessi perdermi per strada.

Arrivati alla porta, mi giro e la guardo in faccia. Ha le lacrime agli occhi, ma non si rovesciano. Sa come ci si sente a perdere un marito perché lei ha perso il papà, ma non è la stessa cosa. Hanno avuto una vita intera insieme. Sono stati insieme per trentasette anni prima che papà morisse. Noi siamo stati sposati solo per due anni e mezzo. Darryl non vedrà mai suo figlio o sua figlia. Vorrei dirlo, ma non lo faccio.

Credo che lei sappia cosa sto pensando, anche se non lo so con certezza. È quella cosa dell'osmosi madre-figlia. Mi bacia sulla fronte mentre mi rimbocca le coperte. Esce e si chiude la porta alle spalle.

Mi alzo di nuovo dal letto, vado allo specchio e mi guardo. In quarantotto ore sono invecchiata di dieci anni. Anche se ho dormito per la maggior parte del tempo, le borse sotto gli occhi sono enormi. Sembra che abbia pianto per tutto il tempo, ma in realtà ho già finito le lacrime. Il mio viso non mi assomiglia più. Sono un'estranea, persino a me stessa.

Faccio scorrere un po' d'acqua e la spruzzo sul viso prima di immergere l'acqua calda in un panno per il viso, quello di Darryl. Lo tengo su di me per respirarlo.

Trovo il suo asciugamano da bagno, mi spoglio e lo avvolgo intorno a me. Mi avvolge e mi riscalda come se fossi tra le sue braccia. Rimango così per un'eternità. Come se mi stesse abbracciando. Non scorrono lacrime. Non ci sono più lacrime da piangere. È come se Darryl ci avvolgesse. Ci tiene uniti, noi tre, Darryl, il bambino e io.

Il bussare della mamma alla porta mi riporta al presente. Devo essermi addormentato. Mi alzo troppo in fretta quando la porta si apre di scatto. L'asciugamano di Darryl cade sul pavimento.

Mamma e la vicina entrano nella stanza e io faccio in tempo ad afferrare l'asciugamano di Darryl e a nascondere la mia nudità. Comincio a ridacchiare e non riesco a smettere.

La mamma e la vicina sembrano preoccupate. La vicina ha gli occhi che le escono dalla testa. Presto chiameranno gli uomini con le giacche bianche per venire a prendermi se non mi rimetto in sesto.

***

È il giorno del mio matrimonio e sto percorrendo la navata al braccio di mio padre in una grande chiesa. So che sto sognando perché papà non mi ha mai accompagnata all'altare. Era già morto quando io e Darryl ci siamo sposati, e Darryl e io non ci siamo sposati in chiesa. La nostra canzone è "Your Song" di Elton John. Cioè, era la canzone di Darryl e mia. In realtà preferivamo la versione di Ewan McGregor, visto che ci piaceva molto Moulin Rouge.

Papà e io salutiamo le persone che vediamo lungo la strada. Nonna Eleanor, che è morta da quando ero bambina, mi dà un bacio. Prendo un fiore dal mio bouquet. Il respiro del bambino, il suo preferito. Glielo porgo.

Lei sorride e una lacrima le scende sulla guancia.

Dall'altra parte della navata c'è mia cugina Ruth. Io e lei eravamo molto legate quando eravamo bambine. Ora ci vediamo raramente. Immagino che stia pensando esattamente la stessa cosa che penso io mentre le passo accanto. Mi riprometto di invitarla a cena, prima o poi.

Ci sono i due fratelli minori di Darryl, Dale e Donny. I loro genitori avevano una specie di mania per la lettera D. Nota per me stesso: non continuare con questa tradizione.

Vedo l'altra mia nonna, la mamma di mia madre. Non è venuta al nostro matrimonio. Lei e la mamma si tengono per mano e io mi sgancio per qualche secondo da papà per andare ad abbracciarle entrambe. Le mie ginocchia si piegano un po' quando la nonna allunga la mano, la prende nella sua e vi lascia cadere qualcosa. Istintivamente chiudo le dita intorno ad esso; anche se non vedo cosa sia, sento che è una chiave. Papà mi stringe il braccio e ci rimettiamo in marcia verso la navata.

Le mie damigelle, Trish e Moni (abbreviazione di Monique) sono vicine a me. Sono bellissime nei loro abiti bianchi antichi, ma aspetta, ero io quella che indossava il bianco antico.

Papà mi gira, toglie la mia mano dal suo braccio e la avvolge in quello di Darryl. Mi volto a guardare il mio futuro marito, ma non è Darryl. Beh, una volta era Darryl, ma ora non lo è più. È morto. È un cadavere in decomposizione.

Urlo mentre la bava verde sgorga dalle sue labbra quando cerca di sorridere. Non sono l'unica a urlare.

Tutti urlano.

Tutto urla, anche le macchine.

Apro la mano.

Ingoio la chiave.

Pezzi di vetro si frantumano ovunque.

***

Apro gli occhi. Non sono a casa, ma in ospedale. Sento il ticchettio, i battiti del cuore. Bip. Sussurri. Chiudo di nuovo gli occhi. Fingo di dormire.

"Nessun cambiamento".

"Non posso arrendermi".

"E il bambino?"

Il bambino. Queste due parole mi riportano alla realtà e cerco di mettermi a sedere, scoprendo di non riuscirci.

Quando non riesco a muovere le braccia o le gambe, urlo. Mi stringo la pancia, il mio bambino, il nostro piccolo, e scopro che il pancione ora è più grande. Per quanto tempo ho dormito?

"Mamma?"

"Oh, tesoro! Tesoro", dice lei. "Andrà tutto bene", dice, ma io non le credo. Non una sola parola.

"Da quanto tempo sono qui?" Chiedo, e la mia testa è come una camera d'eco mentre le parole si riverberano nel mio cranio.

Lei mi abbraccia e mi stringe invece di rispondermi. Quando mi stacco, mi tiene la testa tra le mani e mi guarda negli occhi come se stesse cercando di trovarmi.

Cerco di non sbattere le palpebre, ma non riesco a fermarmi. Non odi quando succede? Non appena cerchi di non fare una cosa, il tuo corpo ti tradisce e te la fa fare ancora di più.

Lei non dice nulla. Pensa che io non riesca a gestire la verità. La voce che gestisce la verità nella mia testa è quella di Jack Nicholson in A Few Good Men. Darryl amava quel film. Lo abbiamo guardato così tante volte che ho perso il conto.

"Voglio sapere", mi sento dire, ma dal modo in cui mi guarda, non so se l'ho detto ad alta voce o nella mia testa. Riprovo, questa volta un po' più forte e lei reagisce.

"Lasciami", dice e poi se ne va, tornando dopo pochi istanti con una persona che non riconosco. I due si muovono nella stanza come se stessero delineando un palcoscenico per una rappresentazione teatrale. Sussurrano, poi mi guardano e sussurrano ancora.

Che maleducazione.

Aspetto, come se fossi invisibile e cerco di non esplodere.

Lo sconosciuto mi infila un ago nel braccio e me ne vado pensando che il personale ospedaliero in abiti da strada dovrebbe essere bandito.

Sogno di nuovo che sto camminando per strada, cercando Darryl, mentre le bombe esplodono.

***

Il bernoccolo su di me è ancora più grande. Anzi, è sensibilmente più grande. Quando il bambino si muove, vedo pezzi di lui o di lei attraverso la mia pelle. Arti che lasciano impronte come se mi stessero rivoltando mentre il nostro bambino spinge contro le pareti del mio stomaco.

Non sono più in ospedale. Sono a casa, seduta in una nursery, dondolandomi su una sedia da allattamento che non dondola nel senso comune del termine. Al contrario, scivola.

Le pecorelle addormentate con il pisolino intorno alla testa sono allineate alle pareti in attesa di essere contate. Comincio a contare, poi sorrido, guardando la culla. Il tempo si è fermato, per forza, perché non sta succedendo nulla qui, oggi, adesso.

Mi sollevo dalla sedia, mezza sveglia e mezza addormentata. Tocco il cellulare e comincia a suonare Frere Jacques. Canto, mentre raccolgo una coperta con una pecora sopra.

Piego la coperta sempre più piccola, fino a ridurla a un piccolo quadrato. Poi la ripongo nella culla e mi guardo nello specchio nell'angolo.

Una parte dello specchio è visibile e una parte no, perché c'è qualcosa che lo copre. Mi avvicino, sollevando il parapolvere per rivelare un tesoro che appartiene alla mia famiglia da decenni. Un cimelio di famiglia tramandato dalla madre della madre di mia madre.

La cornice è fredda al tatto quando faccio scorrere le dita su di essa. È di legno ed è incisa con coppie di mani intrecciate. Le impronte delle dita intrecciate sono ancora più fresche al tatto. Avvicino il mio corpo finché il mio pancione non spinge contro il vetro. Non lo tocca. Lo attraversa. Avvicinandomi sempre di più, il mio pancione scompare al suo interno.

Faccio un passo indietro e il mio pancione si stacca con un suono di risucchio. Il mio bambino scalcia e scalcia ancora mentre mi allontano dallo specchio e torno alla sedia da cui ero partita.

Mentre mi siedo, il cellulare si riavvia e iniziamo a scivolare in sintonia con lui.

Il mio bambino si calma e noi dormiamo.

***

"Svegliati Cath", dice Darryl.

Mi rotolo verso di lui e mi accoccolo a lui. Il bambino sbatte tra di noi. Non riusciamo ad avvicinarci l'uno all'altra come un tempo, ma siamo più vicini su molti altri piani.

La sveglia suona e io sono abbracciata al cuscino di Darryl, non a lui. Il mio bambino scalcia e io mi alzo dal letto per vagare lungo il corridoio, semi sveglia, fino al bagno dove vado a fare i bisogni. Apro l'acqua, mi metto sotto la doccia e lascio che l'acqua mi scorra addosso.

Il mio bambino adora l'acqua e rimaniamo lì finché l'acqua calda non finisce e diventa fredda. Affamata, mi infilo la vestaglia e scendo al piano di sotto mentre la mamma entra dalla porta principale. Deve aver suonato il campanello mentre ero sotto la doccia. Nota per me: chiedere a mamma di restituire la chiave.

"Ho portato dei regali", dice. Butta sul tavolo un'intera scatola di ciambelle glassate; le ciambelle sono ancora calde e profumano di paradiso. Io ne metto una in bocca e lei una nella sua. Ci abbracciamo e mangiamo un'altra ciambella prima di decidere di preparare una tazza di tè.

Il mio bambino calcia fuori un ringraziamento e la mamma lo sente da sola. "Oh", dico io, mentre il bambino fa sentire la sua presenza facendo quella che sembra una capriola dentro di me.

"Stai bene?" Mi chiede la mamma.

"È felice", rispondo.

La mamma coglie il fatto che ho detto "lui". Non ne fa cenno. Invece mi racconta gli ultimi pettegolezzi.

Io ascolto per educazione, non perché mi interessi la cronaca locale. Prima, voglio dire prima di conoscere Darryl, contribuivo saltando sul treno dei pettegolezzi. A volte ero persino il conduttore, senza il cappello. A volte ero il vagone. In un modo o nell'altro, ero sempre sul treno. Mi lasciavo trascinare dai pettegoli.

"Hai visto la nursery?" Lo chiedo all'improvviso, mentre lei è nel bel mezzo di un pettegolezzo.

Mi guarda come se fossi un'estranea. "Sei sicura di stare bene?", mi chiede, con una grande fronte aggrottata a forma di punto interrogativo orizzontale.

Mi rendo conto di aver detto qualcosa di strano, forse addirittura di stupido. Non so cosa sia. "Sto bene", dico, cercando di rassicurarla.

Mi alzo, sperando che lei faccia lo stesso, ma non lo fa. Invece, prende un'altra ciambella dalla scatola e ne dà un morso.

Il mio bambino mi scalcia con forza. Come se volesse un'altra ciambella. Devo fare pipì e lo dico. La mamma mi segue lungo il corridoio.

"Ci vediamo nella nursery", dico.

"Va bene", risponde la mamma.

Quando la raggiungo nella stanza dei bambini, la mamma è in piedi davanti allo specchio. La raggiungo, mi metto al suo fianco e mi avvicino sempre di più al vetro. Cerco di vedere se il bambino lo attraversa, come ha fatto ieri, ma non lo fa. Nessuna increspatura. Nessuna connessione. Stavo sognando?

Mentre mi volto, il cellulare inizia a riprodurre Frere Jacques da solo.

"L'ho riavvolto, Cath", dice, "abbiamo fatto un ottimo lavoro di decorazione, vero? Sono così contenta".

Non ricordo di aver decorato e non voglio ammetterlo. Come ho potuto dimenticare una cosa del genere?

"La tua trisavola sarebbe così contenta. Sono felice che lo specchio appartenga a te ora".

Il mondo comincia a girare e a svanire. Mi sposto in avanti e quasi cado. La mamma mi afferra e mi fa scivolare sulla sedia, dove mi fa scivolare avanti e indietro, avanti e indietro.

"Lo specchio non è giustamente tuo?". Chiedo.

"Sì, ma non mi dispiace. È perfetto in questa stanza".

Pensando allo specchio, mi addormento. La mamma se n'è andata. È buio qui, a parte una luce tremolante nell'angolo a poca distanza dallo specchio.

Il bambino scalcia. È irrequieto. Mi alzo e vado verso lo specchio. Quando ci avviciniamo, la luce si accende. Il mio bambino scalcia e si sposta. Tolgo la coperta e guardo il mio pancione riflesso, avvicinandomi sempre di più. Il bambino calcia un tiro in porta.

Il mio pancione sbatte contro lo specchio. Il bambino calcia di nuovo, colmando lo spazio tra il pancione e il vetro. Quando le due cose si uniscono, il mio pancione scompare al suo interno. C'è un'attrazione che ci attira.

Ora mi trovo con il naso contro il vetro. Mi spingo ancora più dentro fino a quando il mio viso è completamente dentro. La testa mi segue. Il mio bambino rotola via nel riflesso.

Una forte raffica di vento si alza da qualche parte dietro di noi e ci spinge ancora più dentro. Ora sono abbastanza dentro da notare la differenza nell'aria. Autunno. Foglie. Era primavera dove eravamo e autunno qui. Com'è possibile?

Sento l'odore e la sensazione dell'aria fresca che ci avvolge e ci accoglie. Una brezza sussurra sulla mia pelle come un tocco.

Il mio bambino spinge in avanti e indietro, cercando conforto dall'altra parte. Conforto all'interno del mondo di vetro. Accarezzo il mio pancione per rassicurarlo e il mio bambino si spinge indietro per fare lo stesso con me.

È magnifico lì. Sono nel mezzo di una foresta. No, sono su una spiaggia con sabbia, sabbia bianca e pura, e onde che si infrangono e si infrangono sulla riva.

No, sono vicino a montagne, alte montagne con sentieri che si snodano intorno a loro. Sono tanti mondi tutti insieme. Sento cantare gli uccelli. Ci sono corvi, cornacchie, ghiandaie azzurre, fenicotteri, kookaburra, whinchat, passeri, tordo e gabbiani. Sento il sapore del sale dell'oceano sulla lingua.

Chiamo "Ciao" e la mia voce risuona intorno, intorno e intorno. Il mio bambino danza sull'eco, facendomi il solletico e ridacchiando. Sento la pace, pura e dolce. Gioia. Casa.

Dall'altra parte, dietro di me, qualcosa mi tira indietro. Non voglio andare. Il mio bambino non vuole andare, ma qualcosa mi afferra. Ci strappa via da lì. Indietro.

"Che diavolo stai facendo?", grida qualcuno. La loro voce è traballante, gorgheggiante.

Sento le parole, ma la voce sembra essere all'interno di una nuvola.

***

Appena tornati, vogliamo ripartire. Vogliamo essere lì, esistere lì. Solo lì e da nessun'altra parte.

È Moni ed è molto arrabbiata con me. "A cosa stavi pensando?"

Non dico nulla mentre guardo di nuovo lo specchio.

"Non fare l'innocente con me", dice Moni. "Stavi viaggiando. Cioè in un'altra dimensione, non è vero?".

"Viaggiando?" Imito. Ci penso un attimo, a quanto devo essere sembrata pazza e dico: "Stavo guardando il mio riflesso, il nostro riflesso. Il bambino e io".

"La maggior parte di te era sparita!" Moni urla. "SPARITA!"

Io rido, cercando di fingere che non avesse visto quello che aveva visto. Cerco di farle credere di essere pazza. Invece di me. Io ero stato lì. Avevo visto un altro mondo. Attraversai la stanza, allontanandomi dallo specchio, mi voltai indietro e mi avvicinai allo specchio. Stringo il pugno e lo metto contro il vetro, sperando che non succeda nulla, ma non succede.

Moni mi segue e fa la stessa cosa. Poi ci mettiamo faccia a faccia e scoppiamo a ridere. Dovevamo sembrare pazzi. Folli. Ridicoli.

Il bambino scalcia.

In poco tempo siamo al piano di sotto. Moni dice che mia madre è dovuta andare via e che per questo è venuta qui.

"Non ho bisogno di una babysitter".

"Sono passati sei mesi", dice Moni, "da quando Darryl è morto e siamo tutti preoccupati per te e per il bambino".

"Io e il bambino stiamo bene", dico. "Ci manca ancora ogni giorno, ma sta diventando più facile". Era una bugia.

"So cosa dovremmo fare domani", dice Moni. "Andiamo in spiaggia".

Sembra divertente e quindi accetto. Non ho intenzione di mettermi in costume da bagno, però.

***

Arriviamo in spiaggia con un cestino da picnic pieno di pranzo e di ogni genere di leccornia. Ci togliamo le scarpe e lasciamo che la sabbia si infili tra le dita dei piedi, anche se fuori è tutt'altro che caldo.

"Darryl e io amavamo venire qui d'estate".

"Lui è qui con noi, ora e sempre", dice Moni.

Moni ha ragione, ma questo non mi impedisce di sentire la sua mancanza. Voglio più dei suoi ricordi. Lo voglio qui, con le sue braccia intorno a me.

"Mi mancano le sue braccia, il suo stringermi, il suo respiro. Mi manca tutto di lui ogni singolo giorno".

Moni mi mette un braccio intorno alla spalla.

"La cosa più difficile è che Darryl non conoscerà mai il nostro bambino e il nostro bambino non conoscerà mai Darryl".

"Non sai cosa ti riserva il futuro", dice Moni.

So dove vuole arrivare. Mi sta suggerendo di incontrare qualcun altro. L'idea non merita di essere presa in considerazione. Portavo in grembo il figlio di Darryl, per l'amor di Dio.

"Non voglio nessun altro. Nessuno potrà mai sostituire Darryl o quello che avevamo insieme. Inoltre, il mio cuore è troppo spezzato. Non amerò mai nessun altro. Il mio cuore appartiene a Darryl e solo a Darryl".

"Non dire così. Non sai cosa potrebbe riservarti il futuro. L'amore può accadere più di una volta. Guarda mia madre. Voglio dire, papà è morto, lei ha sposato il mio patrigno e ha trovato l'amore una seconda volta. Non è la stessa cosa. Non potrà mai essere come il primo amore, ma può essere comunque amore. Può essere sufficiente. Devi essere aperto a questo. Loro sono felici e con il tempo potresti esserlo anche tu", dice Moni.

Faccio uno sprint, per quanto possa farlo una donna incinta di otto mesi, ed entro in acqua. La temperatura è fredda ma rinfrescante e mi piace la sensazione di freschezza sulla pelle.

Moni si spinge accanto a me.

"Questo bambino ama l'acqua".

Moni mette la mano sulla mia pancia e il bambino scalcia. "Certo che lo adora", dice.

Entriamo in acqua fino alle ginocchia e lasciamo che le onde ci inondino. Al bambino piace molto e fa qualche capriola.

"Hai intenzione di parlarmene?". Chiede Moni.

"Non sono sicuro di cosa intendi", rispondo.

"Intendo la storia dello specchio, cosa stavate facendo? Stavi viaggiando? Facevi il giro del mondo?".

Ci penso e decido che ha ragione. Voglio dire che, attraverso lo specchio, io e il mio bambino avevamo viaggiato in un altro luogo. Un'altra dimensione. La musica di Ai confini della realtà risuona nella mia testa.

"E tu cosa ne sai?". Chiedo.

"Guardo film, leggo libri. Si viaggia anche in Alice nel Paese delle Meraviglie Quando sono entrato, la maggior parte di te era sparita ed era ovvio che fosse nello specchio. Tu eri nello specchio. Allora, cosa hai visto? O hai visto qualcosa?".

"Non sono sicura di volerne parlare", dico, perché è un segreto. Voglio tenerlo stretto al petto per ora. Mi sembra che se lo ammettessi ad alta voce, potrebbe sparire. Sapevo che sembrava una sciocchezza, ma era stato tutto così strano e mi era successo solo una volta. Due volte per il bambino, ma una volta per me. Voglio essere lì e rifarlo prima di parlarne con chiunque altro.

"Promettimi una cosa", dice Moni mentre guardiamo il tramonto mentre torniamo a casa. "Promettimi che non andrai da solo. Voglio dire, senza qualcuno da questa parte che ti tiri indietro".

Annuisco con una sorta di promessa, ma non sono sicuro di volerla mantenere.

"Vorrei restare a casa tua stanotte, per farti compagnia", dice Moni.

Dico che va bene, perché sono troppo stanca per fare altro che dormire, esausta per l'aria fresca del mare. Il mio bambino non si muove nemmeno dentro di me.

Mi infilo il pigiama e mi addormento subito. Sogno Darryl, lo cerco, lo guardo in alto e in basso e ovunque. Cammino e cammino e i miei piedi si riempiono di vesciche e sanguinano, ma ancora non c'è Darryl. A volte incontro qualcuno o qualcosa come uno spaventapasseri in un campo. Chiedo se ha visto Darryl e, come nel Mago di Oz, mi indica tutte le direzioni. È un grande aiuto.

Chiedo anche a una donna strana e barbuta che lavora in un circo se ha visto Darryl. Lei ride, ride e ride.

Lui non è da nessuna parte, così mi sveglio e accendo il mio portatile. Passo la serata a guardare fotografie di noi. Della nostra vita.

Quando stavamo insieme, si vedeva l'amore intorno a noi. So che sembra uno stupido cliché, ma c'era, soprattutto quando Darryl mi guardava o quando io guardavo lui. Ci amavamo con un amore che non ci sarebbe mai più stato in un mondo in cui eravamo separati.

Mentre cerco da sola nel passato, mi sembra che io, lui e il bambino siamo insieme a guardare le fotografie. Il bambino è sulle mie ginocchia. Darryl è dietro di me e mi guarda alle spalle mentre sfoglio una pagina dopo l'altra.

Quando finisco, il sole sta sorgendo e sta per iniziare un nuovo giorno.

Esausta, torno a letto.

***

"Cath. Cath! CATH!"

Che cosa? Smettila. Voglio continuare a sognare.

"CATH!!!"

Mi rendo conto di sentire la voce di Darryl. Cosa? Mi scuoto e mi sveglio. Ascolto e la sento di nuovo.

"Cath."

"Darryl?"

Getto indietro le coperte e apro la porta della camera da letto. Ora che ho risposto, sussurra il mio nome ancora e ancora.

Mi ritrovo nella stanza del bambino dove rimango immobile ad ascoltare. Rabbrividisco come se una brezza mi avesse attraversato. Poi prendo la coperta dalla culla e me la avvolgo intorno alle spalle. Il bambino è silenzioso, come se non si fosse ancora svegliato.

"Cath."

Guardo la finestra. Il vento la fa scattare e sferragliare, poi la spalanca. L'autunno fresco mi abbraccia, mi stringe e allo stesso tempo mi spinge.

"Cath."

Mi volto verso il punto da cui proviene la voce. Lo specchio. Il mio bambino si sveglia e mi dà un calcio, forte. Mi metto sull'attenti e vado verso lo specchio. La cornice di legno delle mani si muove, si contorce, si sposta. Il vetro all'interno della cornice luccica e trema. È come se una nuvola fosse entrata nella stanza dei bambini e stesse attraversando il vetro. Mi avvicino. Alzo la mano e appoggio il palmo contro la superficie.

*SPECCHIO CHE MI RIFLETTI

CON RIDONDANZA.

Una poesia che ho letto al liceo invade i miei pensieri. Mi viene in mente mentre la mia mano sfonda la superficie e scompare all'interno del vetro.

Più avanti, sempre a colmare il vuoto. Eccola lì. Un'altra mano che preme sulla mia. La mano di Darryl. La mano di Darryl?

Sì, la mano di Darryl. La conferma arriva quando la nuvola nello specchio si dissolve. Ci tocchiamo palmo a palmo.

Spaventata, faccio un passo indietro e tiro indietro anche la mia mano. Il bambino scalcia e io gli tocco il palmo della mano. La nuvola rientra mentre io conforto il bambino e Darryl scompare.

Voglio distruggerla.

Voglio esserci dentro.

Avevo immaginato tutto? Ero impazzita?

Io sono pazza.

"Cath. Torna indietro. Ti prego".

Accarezzo il nostro bambino con una mano e poi una mano passa sul nostro fianco e mi stringe la mano. È la mano di Darryl. È qui, a confortare il nostro bambino. In qualche modo. In qualche modo. Il mio amore.

"Darryl".

L'altra mano, quella con la fede nuziale, attraversa lo specchio e passa dalla nostra parte. Cadiamo in lui, nel suo abbraccio, nello specchio.

"Oh Cath."

Le sue mani mi fanno rabbrividire quando le passa sul bambino. Il bambino si gira verso di lui e noi siamo per metà dentro e per metà fuori.

"È bellissimo", dice Darryl. "Come la sua mamma".

"Non sappiamo se è un lui o una lei", dico, guardandolo negli occhi azzurri.

"È sicuramente un lui", dice Darryl. "È forte e sano".

In risposta alla voce del padre, il bambino scalcia e si rotola.

"Stai fermo", dico mentre mi incuneo ancora di più nello specchio. Il bambino è quasi completamente dentro, ma io non sono attraverso il vetro. Posso sempre tirarmi indietro se ne ho bisogno. Non so perché mi sento preoccupata. Dopo tutto, si tratta di Darryl. Quanto mi è mancato. Tuttavia, una parte di me rimane ancorata dall'altra parte.

"Darryl, questo è tuo figlio. Figlio, questo è tuo padre", dico mentre le lacrime mi scendono dalle guance come cascate. Non piccole lacrime di donna, ma grosse e grasse lacrime di pioggia. Singhiozzo.

Darryl mi bacia sulle labbra. Sa di autunno, ma è caldo e fresco allo stesso tempo. Poi si china e bacia il nostro bambino.

"Figlio, devi prenderti cura di tua madre per me, ok? Sono così orgoglioso di te e di quello che sarai un giorno. Ti voglio bene. Vi amo entrambi".

Ci spingo, ci faccio avanzare un po' di più. Sto pensando di andare fino in fondo, ma qualcosa, un sentimento mi trattiene. Voglio essere lì. Voglio passare e stare con Darryl, ovunque sia. Voglio che noi tre stiamo insieme, per sempre. Determinata, cerco di spingere e spingere. Voglio che arriviamo fino in fondo.

"Non farlo", implora Darryl. "Non provarci nemmeno. Adesso ce l'abbiamo. Godiamocelo finché possiamo. Non perdona".

"Io voglio te. Voglio che noi, noi tre, stiamo insieme. Sempre".

"Abbiamo solo quello che ci darà", dice Darryl. "Il tempo è un amico o un nemico volubile. Non sappiamo mai cosa arriverà e cosa andrà via".

"Sei un poeta e non lo sapevo nemmeno", dico ridacchiando.

Soffia una forte brezza e Darryl fa un passo indietro. Via.

"Vai adesso", mi esorta.

"No! Dove stai andando Darryl?". Grido. "Torna indietro. Ti prego, non lasciarmi. Non lasciarci di nuovo".

"Cercherò di tornare, di rivederti appena possibile. Se ci riesco. Vai adesso. In qualche modo. Ricordati sempre di me. Avrò sempre cura di te. Credi in me e allora forse potremo provare a incontrarci ancora una volta".

Il vento soffia in un'enorme nuvola. Ci impedisce di vedere Darryl. La nuvola era bianca e gonfia prima, ma ora è nera e piena di rabbia.

Ci tiro indietro.

Quando lo faccio, le mie ginocchia cedono.

Mi lascio cadere a terra e singhiozzo.

Mi sembra di aver perso Darryl di nuovo.

Questa volta, però, sto piangendo per due. Piangere per due.

***

"Cath, stai bene?"

Mi sveglio e ricordo, ma è solo mia madre. Sta cercando di sollevarmi dal pavimento, ma sono troppo pesante.

"Ho chiamato un'ambulanza", dice mentre cerco di tirarmi su senza riuscirci.

"Voglio andare a letto", dico lottando contro un'altra crisi di pianto.

L'ambulanza arriva e salgono di corsa le scale. Esaminano i miei parametri vitali e quelli del bambino e, dopo aver confermato che stavamo bene, mi aiutano a mettermi a letto.

La mamma è in agitazione e per farla sentire meglio le dico: "Lui sta bene e io sto bene".

Si ferma di colpo. "Non avevo capito che avevi già chiesto di sapere il sesso del bambino".

"Non l'ho fatto", dico, "è una sensazione che ho, che sia un lui".

La bugia sembra funzionare. Fingo di essere più stanca di quanto non lo sia in realtà. Anche la bambina sembra dormire. Dopo avermi dato un bacio sulla fronte, la mamma esce e si chiude la porta alle spalle.

Rimango sveglia per ore, pensando a Darryl e chiedendomi quando potremo vederci, toccarci di nuovo.

***

Ogni giorno, dopo la visita a Darryl, vorrei tornare indietro.

Scrivo esattamente quello che succede. Tenere un registro ha senso. È l'unico modo per assicurarmi che il mio cervello in gravidanza mantenga intatti i ricordi. Scrivere tutto, ossessionarsi, ci ha permesso di vivere lo stesso giorno più e più volte. È come la nostra versione del film "Il giorno della marmotta", solo che questa volta io sono Bill Murray.

Darryl aveva detto che era "inesorabile". Intendeva il tempo?

Chiedo a Moni cosa ne pensa. Anche lei lo trova piuttosto strano.

Cominciamo a lavorare insieme, a fare ricerche su eventi soprannaturali. Il nostro obiettivo è quello di trovare eventi legati ai viaggi all'interno degli specchi on-line.

Troviamo articoli intriganti sugli universi paralleli. Alcuni fanno riferimento agli specchi come punti di ingresso. La ricerca parla di cose come realtà virtuali e spaccature dimensionali. Si parla anche di porte dimensionali e di occulto. Oltre ai romanzi di fantasia, però, non riusciamo a trovare alcuna prova reale, anche se troviamo alcune affermazioni.

Troviamo alcuni elenchi di cose da non fare mai con gli specchi, come ad esempio:

Non guardate mai in uno specchio a lume di candela, potrebbe mostrarvi una versione molto infestata della vostra casa.

Se fissate uno specchio tra due candele alte e bianche, potreste vedere lo spirito di una persona cara che è morta. La loro anima può essere bloccata nello specchio.

Questo mi ha fatto saltare il cuore in gola.

L'anima di Darryl era incastrata lì? Non sembrava un posto brutto o spaventoso, ma lui aveva parlato di una cosa che non perdona.

Rabbrividisco e passo al punto successivo.

Coprire sempre uno specchio infestato durante un temporale. I fulmini liberano i fantasmi.

Dico a Moni che quando sono entrata nella stanza, lo specchio era parzialmente coperto. Mi abbraccio e rabbrividisco di nuovo.

"Prima di tutto", dice Moni, "è più che probabile che tua madre lo abbia messo lì per tenerlo lontano dal pavimento. Non è niente. Una coincidenza". Mi guarda. "Sei sicura di voler continuare?".

Annuisco e leggo il prossimo.

È di cattivo auspicio ricevere in regalo uno specchio proveniente dalla casa di un defunto.

"Oh mio Dio!" Grido e mi spingo il pugno in bocca. Non voglio spaventare il bambino, ma nella nostra famiglia lo specchio è rimasto per secoli dopo un decesso. Non come regalo con un fiocco, ma come dono e cimelio di famiglia.

Non sono sicura di chi avesse lo specchio prima di entrare nella nostra famiglia. Devo saperne di più.

Lo spiego a Moni, che rabbrividisce un po' prima di leggere il prossimo.

Se qualcuno vede il proprio riflesso in uno specchio in una stanza dove è morto qualcuno di recente, morirà presto.

"Siamo a posto con la prima", dice e poi mi guarda per confermare, cosa che faccio con un cenno del capo.

Leggo il prossimo.

Se un fantasma si aggira per casa durante la notte, uno specchio può catturarlo.

È inquietante. Nessuno di noi due dice nulla al riguardo.

Il bambino si muove.

Scorro l'articolo. Ci sono prove scientifiche. Si parla di specchi quantici e specchi multiverso come porte d'accesso ad altri mondi.

"Dobbiamo saperne di più. Devo sapere di più su questo specchio e su come è arrivato alla mia famiglia. Da dove è partito? Chi ce l'ha dato e quando?". Dico con un fremito.

"E come facciamo?". chiede Moni, ed entrambi restiamo a contemplare la questione, da soli ma insieme, per un bel po' di tempo.

I giorni e le settimane scorrono. Moni e io continuiamo a cercare ogni volta che abbiamo tempo.

Seguiamo il concetto di viaggio attraverso gli specchi. Si tratta di un'idea che risale alle civiltà antiche.

Esaminiamo il nostro specchio da cima a fondo, sperando di trovare un marchio del produttore. Non abbiamo avuto fortuna.

Con il bambino che nascerà tra una settimana - più o meno qualche giorno in ogni caso - io e Toni ci sediamo insieme nella mia cucina. Dal modo in cui inizia e si ferma, capisco che ha qualcosa di importante in mente.

"Potresti pensare che sia un po' folle".

"Dimmi", dico.

Il bambino scalcia. Gli accarezzo il piede.

"Ti avverto", dice Moni. "È là fuori".

"Vai avanti".

"Ok, ecco qui. Online ho trovato una donna che è una sensitiva e una medium. Ha una reputazione eccezionalmente buona, addirittura eccellente. Porta risultati nei casi in cui sceglie di essere coinvolta".

Mi avvicino di più.

"Zia Maria fa letture di carte per hobby. Si è informata sulla donna di cui sto parlando. Ha trovato solo cose positive su di lei".

"Una sensitiva, eh?". Dico. Non capisco il linguaggio dei medium. Anche se so di quel tizio che era in televisione, John qualcuno. Edwards. Pronuncio il suo nome ad alta voce.

"Sì", dice Moni.

"Vuoi dire che la medium contatterà Darryl?".

Moni annuisce.

"Ma sono riuscita a contattarlo da sola. Non so cosa potrebbe fare per aiutarci, visto che ci siamo già stati da soli".

"Dovremmo provare. Abbiamo bisogno di lei. Non per Darryl, ma per lo specchio", dice Moni. "Se è uno specchio viaggiante. Tu dici che lo è perché ci hai viaggiato dentro. Dobbiamo saperne di più. Lei sarebbe in grado di testarlo. I sensitivi fanno dei test, intendo".

"Oh", dico, e ora sono più interessato di prima. Mi avvicino un po' di più.

"Le ho spiegato un po' quello che è successo, senza entrare troppo nei dettagli. Si chiama Anna August e vuole assolutamente conoscerti e vedere la stanza e lo specchio. Vorrei esserci anch'io, come supporto morale. Sempre che tu lo voglia".

"Devi essere qui con me", dico e il bambino scalcia per registrare il suo voto. Vado al distributore d'acqua e mi verso un bicchiere di liquido fresco. "Quanto chiede per una visita?". Dico dopo qualche sorso.

"Cinquecento".

Mi siedo e premo il bicchiere fresco sulla fronte.

"So che è molto da chiedere", continua Moni, "e vorrei offrirlo come regalo".

"È molto gentile da parte tua", dico. "Ma se io e te facessimo fifty-fifty, e la metà fosse un regalo da parte tua, sarebbe meraviglioso. Come li raccoglie? Voglio dire, in anticipo?".

Moni ci spiega come funziona. Dobbiamo inviare subito un acconto del dieci per cento come segno di buona fede. Anna ci invierà una ricevuta, concorderà una data e un orario per fare una visita di persona. Alla data concordata, il saldo sarebbe dovuto all'arrivo.

"All'arrivo?" Dico io. Mi sembra un po' sfacciato chiedere soldi in anticipo in questo modo, ma d'altra parte chi conosceva il protocollo dei sensitivi?

Moni prende un bicchiere di succo d'arancia dal frigorifero e ne beve un lungo sorso. "Secondo il loro sito web, la consegna avviene all'ingresso della casa del cliente, che saresti tu".

"Oh, quindi non promette nulla in cambio?".

"No", conferma Moni. "Ma ho l'impressione che questa sia la norma nel mondo dei sensitivi. Quando accetta di prendere in carico il tuo caso, si impegna completamente. Vuole assicurarsi che anche i suoi clienti lo siano. Può scegliere chi aiutare. Dicendo ai suoi nuovi clienti che vuole un acconto e il saldo in anticipo, sarà in grado di eliminare i pazzi".

Rido, chiedendomi se penserebbe che sono una pazza anche se pagassi in anticipo. "Lei, Anna è del posto?".

"No, è di fuori, ma sapeva dove abitavi. Cioè, prima che le dicessi il tuo indirizzo. Ha detto che negli ultimi mesi aveva avvertito uno strano disturbo in questa zona. Anzi, era così forte che aveva pensato di indagare lei stessa".

Questo sembra interessante e inverosimile allo stesso tempo. "Vuoi dire che ha avuto una premonizione?".

"È quello che mi sono chiesto anch'io, ma lei ha detto di no. Anche se le capita spesso di averle. In questo caso, ha sentito un disturbo psichico. Qualcosa l'ha investita. Le ha fatto rizzare i capelli. Quel genere di cose".

Guardare un film di paura me lo fa succedere, ma non lo dico. Accetto invece di inviare l'acconto e di pagarle l'intero importo all'arrivo. "Dobbiamo saperne di più e non abbiamo molte alternative".

"Ci sono molte altre opzioni", dice Moni, "ma Anna ha la stoffa della strada. Farò in modo che accada il prima possibile".

***

Il 3 maggio, alle tre del pomeriggio, la rinomata sensitiva e medium Anna August arriva a casa mia. Io e Moni ci nascondiamo dietro le tende. La guardiamo mentre esce dal suo veicolo sul vialetto di casa mia. Siamo entrambe molto curiose e vogliamo verificare la sua presenza prima di incontrarla in carne e ossa.

Nelle ultime due settimane abbiamo sviluppato un'ossessione per Anna. Allo stesso tempo, sono diventato ossessionato dallo specchio da quando Anna mi ha detto di starne alla larga. Non le avevo parlato, ma ha insistito perché Moni mi trasmettesse un messaggio urgente.

Il messaggio era che se fossi entrata di nuovo, lei lo avrebbe saputo. Il nostro accordo sarebbe stato annullato. Inoltre, il pagamento completo sarebbe stato richiesto comunque.

Sarebbe stato un guadagno facile per lei se avessi ignorato l'avvertimento. Sarebbe stata pagata senza nemmeno aver varcato la mia soglia. Le sue parole mi spaventarono abbastanza da chiudere a chiave la porta della stanza dei bambini. Non si sa mai.

Anna ha circa sessant'anni ed è una bella donna. Non è bella, è affascinante. Non è un insulto. È il modo in cui appare a entrambi. È molto alta, quasi un metro e settanta, e porta i capelli raccolti in uno chignon. Questo aumenta ulteriormente la sua altezza.

Indossa un soprabito rosso sangue a collo alto con bottoni neri a forma di cuore. Ai piedi, spesse zeppe nere. Sul viso, un leggero tocco di mascara, un paio di labbra rosse e niente di più. I capelli neri scuri dietro l'orecchio sinistro rivelavano un orecchino nero a forma di cuore. Perfettamente abbinato ai bottoni del cappotto.

Anna cammina verso la porta d'ingresso con un forte senso di determinazione e di proposito. Traballa un po' sulle zeppe e noi ridacchiamo. Quando Anna ci vede, ci fa l'occhiolino e si fa il segno della croce. Esita, poi fa il segno della croce su casa mia.

Eravamo così distratti e presi da tutto ciò che Anna aveva fatto che non ci siamo accorti di un uomo che la seguiva.

È alto quasi un metro e mezzo, ha i capelli e la barba neri. Indossa un cappotto nero, un berretto nero che gli copre gli occhi, pantaloni e scarpe nere. Si muove come una nuvola scura e solitaria. Ci rendiamo conto che la china è dovuta a ciò che porta sulle spalle: un piccolo baule nero. Sebbene sia di piccole dimensioni, il peso è sufficiente a farlo incurvare.

Anna suona il campanello e noi ci precipitiamo ad accoglierli.

***

Anna entra come il vento e la nuvola scura arriva poco dopo. Allunga per prima la mano verso di me e prende l'altra mano. Mi guarda negli occhi e io nei suoi, che sono di una strana tonalità di verde con piccole macchie rosse sulla pupilla.

"Sono così felice di conoscerti finalmente", dice, allungando la mano e fermandosi prima di toccare il bambino. Faccio un cenno di assenso e lei mette la mano aperta sul bambino. Mi aspetto che lui scalci per riconoscere la sua presenza, ma non lo fa.

"Starà dormendo", dico. Per qualche strano motivo, il fatto che non si presenti con un calcio mi fa sentire come se fossimo maleducati.

Anna si sbatte indietro il cappotto. Si gira verso Moni e la saluta. Ci presenta suo marito, che è in piedi sullo sfondo e si stiracchia la schiena. Si chiama Ballard.

Mi avvicino a lui e ci stringiamo la mano. Ha bisogno di aiuto per togliere il petto dalla schiena, così lo aiuto. Poi si alza in piedi, dritto e alto. Non è poi così basso. È basso per un uomo e Anna, con le sue zeppe, lo sovrasta.

"Occupiamoci dei dettagli noiosi", suggerisce Ballard.

"Sì", dice Anna.

"Intende i soldi", sussurra Moni.

Recupero la mia borsetta dal tavolino. Contiene l'intero importo e lo porgo ad Anna, che lo dà a Ballard.

"Grazie", dice Anna.

Ballard prende i soldi e li sfoglia. Assicuratosi che c'è l'intero importo, lo infila nella tasca del cappotto.

Anna dice: "Ora vorrei vedere la stanza".

Noi tre, Moni, Anna e io (o quattro se includo il bambino) ci dirigiamo verso la stanza dei bambini. Mi guardo indietro e vedo Ballard che pesca in tasca una chiave che inserisce nella serratura e apre il baule.

Sono curioso della chiave, ma ancora di più del suo contenuto. Ballard continua. Riporto la mia attenzione su questa faccenda.

"A tempo debito", dice Anna mentre ci fa strada. Vede che guardo Ballard con curiosità. Sembra che non le sfugga nulla.

Prima di raggiungere la nursery, Anna si ferma improvvisamente. Per poco non le vado addosso, visto che ora sono in fondo al gruppo con Moni in testa.

Il respiro di Anna cambia. Ansima e le sue guance diventano molto arrossate. Afferra il muro alla sua destra e l'altro muro alla sua sinistra con i pugni chiusi e rimane immobile. I pugni si aprono come rose che sbocciano. Appoggia le mani piatte e aperte sulla superficie delle pareti ai suoi lati.

La sua testa vola all'indietro e i suoi occhi si spalancano, guardando il soffitto. Tutto il suo corpo comincia a tremare e a convellere come se avesse un attacco epilettico.

***

Qualcosa si diffonde nel suo corpo. Qualunque cosa sia, la vedo farsi strada attraverso di lei. Guardo Moni, i cui occhi stanno quasi uscendo dal cranio. Mi avvicino alla spalla di Anna e prendo la mano di Moni nella mia. Rimaniamo immobili, senza sapere cosa fare. Anna continua a vibrare e a contorcersi.

Ballard è lì e appoggia qualcosa sulla fronte rovesciata di Anna. È d'argento.

Lo vedo lampeggiare nella luce, ma non riesco a capire cosa sia. Prima una macchia, poi un luccichio. Presto le braccia e la testa di Anna cadono. Poi è di nuovo tra noi.

"Mi dispiace, amore mio", dice Ballard. "Non mi aspettavo...". Si ferma e guarda Moni e me che siamo ancora in piedi insieme, tenendoci per mano.

"Nemmeno io", dice Anna mentre fa un respiro profondo e lo rilascia più volte per calmarsi. "È stato un qualcosa o qualcuno di potente. Posso avere un bicchiere di porto prima di continuare?".

Comincio a dire che non ho Porto in casa. Ballard, che è venuto preparato, estrae una fiaschetta dalla giacca. Apre il tappo e lo porge ad Anna.

Le mani di Anna tremano mentre cerca di bere un sorso. Ballard la assiste.

Anna si pulisce la bocca con la mano. Vedo ancora le sue dita tremare mentre restituisce la fiaschetta. Ballard mi offre un sorso. Rifiuto a causa del bambino. Anche Moni rifiuta, ma ringrazia Ballard per l'offerta.

Anna rompe il silenzio. "E ora, continuiamo".

***

Prima di raggiungere la porta della nursery, questa si chiude con un colpo secco. La forza è tale che penso possa rompere i cardini. Mi faccio strada tra la folla, sfruttando la circonferenza di mio figlio per aprirmi un varco.

Quando sono davanti alla porta, cerco in tasca la chiave. Una volta sbloccata, cerco di girare la maniglia. Dico tentativo per due motivi.

Uno: non si muove, e due: è rovente, tanto che urlo quando la mia pelle vi si fonde. È come se la maniglia di metallo si saldasse a me e la mia pelle sfrigola e puzza come se mi stessero facendo un barbecue.

La mia carne bruciacchiata ha un odore quasi di bacon mentre continuo a cercare di separarmi dal manico. I secondi successivi mi sembrano come se il tempo fosse sospeso e concentro la mia mente sulla maniglia stessa invece che sul dolore. Con un solo movimento, mi stacco. La maniglia si muove. Per un attimo penso che stia per girare e aprirsi, ma non è così.

Guardo a sinistra dove Moni è in piedi, fissando, chiedendosi cosa fare, ma non facendo nulla. Guardo Ballard che sta guardando Anna, che ha gli occhi chiusi e sta pronunciando delle parole.

Guardo e ascolto i suoi borbottii, capendo che sta facendo un incantesimo o un sortilegio. O almeno, questo è ciò che sembrava in base ai programmi televisivi di finzione che avevo visto con le streghe.

I sensitivi eseguono incantesimi o sortilegi? Non ne ero sicuro, ma qualsiasi cosa avesse in mente, speravo proprio che funzionasse.

Mentre questo pensiero mi attraversa la mente, il calore della maniglia della porta passa da nove a dieci e io grido di dolore. Ballard si precipita verso di me con la fiala di brandy in mano e mi spruzza il contenuto sulla mano. Fuma e sputa e puzza come un budino di Natale spento.

Funziona e la mia mano si stacca dalla maniglia. Ballard mi conduce lontano dalla porta. Rimango immobile mentre Moni porge a Ballard il kit di pronto soccorso che ha recuperato dal bagno. Mi avvolge la mano in una garza dopo averla spruzzata con un liquido antiustione. Rinfresca la temperatura della mia pelle. Quando avvolge la garza, il dolore è minimo.

Quando torniamo nel corridoio, Anna non è da nessuna parte, ma la porta della nursery è spalancata.

Questa volta Ballard ci fa strada, mentre io e Moni lo seguiamo a breve distanza. Ballard tiene il braccio destro davanti a sé, come se anticipasse l'arrivo dell'invisibile e dell'ignoto. Se avesse una croce in mano, non sarebbe fuori luogo. Ho guardato troppa televisione per il mio bene.

Una volta entrato nella nursery, Ballard sussurra: "Anna". Si ferma sulla porta, impedendo a me e a Moni di entrare nella stanza.

Non c'è risposta.

Ballard entra fino in fondo, continuando a chiamare Anna, e noi entriamo dietro di lui.

La finestra è spalancata come il giorno in cui sono entrata nello specchio. Questa brezza, però, è violenta. Spinge le tende in avanti. Si increspano e fluttuano sopra il pavimento come fantasmi.

Le tende volanti guidano il mio sguardo in direzione dello specchio. Moni e Ballard fanno lo stesso, ma questa volta sono dietro di me mentre cammino verso lo specchio. La coperta, un tempo drappeggiata sullo specchio, è ora accartocciata sul pavimento.

"Anna!" Lo chiamo.

Ballard urla il nome di sua moglie.

Anche se non lo conosco, l'intonazione e il tono della sua voce mi fanno venire la pelle d'oca lungo gli avambracci. Mi volto e lo guardo, vedendo la paura pura. Mi sembrava assurdo che fosse così spaventato. Ballard è il suo partner in tutto e per tutto. Insieme, le loro vite si concentrano sull'aiutare le persone a connettersi con i loro cari nell'aldilà. Sono professionisti.

Mi dirigo verso lo specchio. Con un passo gigantesco, mi ci avvicino con tutto il corpo.

L'ultima cosa che sento è Moni che urla il mio nome.

***

Dall'altra parte c'è il buio totale.

È diverso da prima. Fa paura.

Faccio due passi avanti. Qualcosa scricchiola sotto i miei piedi. Mi sposto un po' di lato, sperando che qualsiasi cosa fosse non fosse lì, ma è così. Avanzo, calpestando qualcosa di più grande prima di inciampare un po' e poi fermarmi.

Troppo spaventata per muovermi, mi rendo conto che questo posto è esattamente come mi aspettavo che fosse l'interno di uno specchio. Quello che non mi aspettavo è l'odore. È umido come le foglie autunnali in decomposizione e freddo. Mi avvolgo le braccia intorno a me.

Non mi muovo, sperando che i miei occhi si adattino e si abituino all'oscurità.

Passano i secondi. Tuttavia, non faccio un passo in nessuna direzione. A volte mi sento dondolare. Stare ferma con una pancia così grande non è un compito facile. Mi sento come se potessi cadere. Accarezzo il mio pancione e cerco di rimanere calma.

Dove sono i boschi, la spiaggia e le montagne? Dove sono il sole e la brezza autunnale? Qui l'aria gelida è ferma.

Mi chiedo se questa sia una dimensione diversa.

Perché questo posto mi sembra così sconosciuto, mentre l'altro mi sembrava accogliente? Sono stato uno sciocco a entrare senza sapere che Anna è qui.

Sento uno scricchiolio e poi la voce di Anna. "Cath?"

Il mio corpo trema mentre rispondo.

"Cath", dice, "devi uscire di qui".

Accarezzo il mio pancione in un tentativo di normalità.

"Sai quanti passi hai fatto dopo essere entrata?". Mi chiede Anna.

Le dico che non ho fatto molti passi, eppure non li avevo nemmeno contati.

Mi chiede se sarei in grado di girarmi, se sapessi in quale direzione sono arrivata, e io rispondo che credo di saperlo.

"Girati e vai in direzione dell'esterno", mi dice Anna. "Seguirò il rumore dei tuoi passi. Il suono mi guiderà e usciremo insieme".

Penso a Darryl quando ci siamo conosciuti. Con questi pensieri felici in primo piano nella mia mente, un ricordo si fa strada. Si trattava di qualcosa che avevo letto o visto. Sui demoni nell'oscurità che assumono le voci di chi conosciamo, a volte anche di chi amiamo. In questo caso, i demoni fingono di essere chi non sono.

Calmo la mente e allontano quei pensieri, facendomi forza pensando a Darryl e al bambino. Mi giro, allungando le braccia per sentire la strada. Lo scricchiolio mi fa sentire in preda al panico, ma sapevo di non essermi allontanata troppo. Cammino in avanti come uno zombie cieco e non sento nulla.

Faccio altri due passi a sinistra, sempre nella stessa direzione di prima, e allungo di nuovo le braccia davanti a me. Ancora nessun contatto con nulla. Altri due passi.

Eccolo. Lo sento e faccio un passo avanti. Ballard e Moni mi tirano per il resto del percorso.

Anna afferra la coda della mia camicia e passa anche lei.

Siamo al sicuro.

Siamo tornati.

***

Piango mentre Moni mi aiuta ad attraversare la stanza. Mi siedo sulla sedia a rotelle come se avessi il peso del mondo sulle spalle. Accarezzo il mio pancione e canticchio Frere Jacques per calmare il mio cuore e la mia mente. Il mio bambino non reagisce con un calcio, ma non è in pericolo di vita.

Moni porta una tazza di tè caldo. Le mie mani tremano troppo per reggerla. Me la porta alle labbra e ne bevo un sorso.

Nell'angolo, fuori dal campo visivo, Anna sussurra a Ballard mentre beve un sorso dalla fiaschetta. Sta tremando e Ballard fissa ogni tanto nella mia direzione e poi torna a guardare sua moglie. L'avevo salvata, riportata indietro. Mi chiedo di cosa stiano parlando, ma sono troppo stanco per seguire la loro conversazione.

"Quanto tempo?" Chiedo a Moni.

"Otto ore".

"Non possono essere state otto ore!".

"Fuori è buio. Vedi?" Tira le tende, mostrando il buio fuori al posto della luce del giorno. Si avvicina e chiede: "Come stava Darryl?".

Mio figlio mi dà un calcio così forte che mi toglie il fiato. Gli accarezzo il piede attraverso la pelle. "Calmati, figliolo".

Moni aspetta che il bambino si sistemi prima di chiedere: "Se Darryl non c'era, perché sei stato via così tanto?".

"Non lo so", dico, guardando in direzione di Anna e sperando che possa dare qualche risposta. Dopo tutto, è l'unica esperta nella stanza.

Anna beve un altro sorso dalla fiaschetta. Quando si accorge che la sto fissando, attraversa la stanza incespicando. "Stai bene?"

Anna si posiziona alla mia sinistra, Moni di fronte a me e Ballard alla mia destra, come se fossi al centro di un semicerchio. Ho un brivido. Moni mi getta una coperta sulle spalle.

Anna dice: "Lo specchio ha molte facce. Quella", indica verso di essa, "dovrebbe essere distrutta".

"Ma perché?" Chiedo a denti stretti. "Appartiene alla mia famiglia da decenni e mi ha portato Darryl".

"Ti consiglio di mandarlo via se non puoi distruggerlo. Ti chiamerà ancora e ti tenterà di entrare se è in casa tua. La prossima volta potreste non essere così fortunati. La prossima volta potreste rimanere bloccati lì per sempre".

"Ascoltate mia moglie", dice Ballard. "Sa di cosa sta parlando e tutto quello che vuole fare è evitare che tu e tuo figlio vi facciate del male".

"Avrebbe potuto farci del male, ma non l'ha fatto", dico. "Era buio ed era umido, ma sono stata in posti peggiori, molto peggiori".

Anna esita, cammina un po', poi dice: "Lo scricchiolio. Cosa pensavi che fosse?".

Ballard si avvicina alla moglie e le sussurra all'orecchio. Si girano di nuovo verso di me.

"Foglie", rispondo. "Foglie morte".

Gli occhi di Anna si illuminano mentre guarda il marito. "Era il rumore di ossa che si rompevano. Le ossa di altri che non sono mai tornati".

Ho un sussulto e cerco di non urlare. Ripenso al suono che avevo sentito e mi chiedo se non se lo stia inventando, cercando di spaventarmi. Se avessi calpestato delle ossa, che suono avrebbe avuto? Cosa avrei sentito sotto i miei piedi? Avrebbero avuto lo stesso suono di quelle dentro lo specchio.

"Ora usciamo di qui", dice Anna. "Abbiamo fatto tutto il possibile. Non possiamo più stare qui. Ricordate le mie parole: se non distruggete quella cosa, ve la ritroverete sulla testa".

Mentre si allontanano da me, chiedo: "Perché non mi avete aspettato? Perché siete entrati nello specchio senza di me? Prima c'era Darryl, mio marito.  Tutto era sicuro e buono. Perché non avete aspettato?". Mi alzo e li seguo, aspettandomi una risposta, una spiegazione.

Anna continua a camminare.

Ballard si ferma e pensa di dire qualcosa. Cambia idea: "Vieni, amore mio. Questa donna non apprezza il tuo sacrificio o il tuo consiglio".

"Il suo sacrificio? Sono entrato e l'ho tirata fuori! L'ho salvata".

"Calmati", dice Moni. "Non fa bene al bambino".

"Esci da casa mia", urlo.

Dopo aver allacciato il baule sulla schiena, Ballard e sua moglie escono da casa mia.

Rimango lì a pugni stretti mentre l'acqua mi cola sulle gambe. Le vertigini mi assalgono e cado a terra.

***

Non è acqua, dopotutto. È sangue.

L'ho scoperto solo dopo che l'ambulanza è arrivata urlando sul mio vialetto e i paramedici mi hanno controllato. I miei segni vitali sono buoni, ma insistono per andare in ospedale.

A riposo, legata a macchine e monitor, mi sento grata che mio figlio e io stiamo bene. Niente di più e niente di meno.

Moni ha chiamato mia madre che è arrivata subito. Si è seduta con me, tenendomi la mano e dicendomi che sarebbe andato tutto bene. Ora sta dormendo profondamente su una sedia.

Guardandola dormire, mi rendo conto che le madri sono come Dio. Ci affidiamo a loro per tutto, fin dal momento del nostro concepimento. Quando ci spiegano che tutto andrà bene, anche se sappiamo che non possono saperlo, continuiamo a crederci. Se ci dicessero che il cielo è arancione, dovremmo credergli. Perché dovrebbero mentirci? Le nostre madri sono infermiere, medici, consulenti, insegnanti, filosofe e amiche. Le madri indossano così tanti cappelli.

Sento il mio pancione e penso al mio potenziale per ricoprire il ruolo di madre e di unico genitore per mio figlio. Spero di poter eguagliare la forza e il coraggio di mia madre. Se riuscissi ad arrivare all'ottanta per cento di quello che lei è stata per me, sarei al settimo cielo.

Considero ciò che mi ha detto il medico. L'emorragia non era nulla di grave. Era una condizione temporanea e si era fermata. Il bambino sta bene e il battito cardiaco è forte. Tuttavia, la data del parto non è lontana e vogliono che siamo qui.

Mi addormento pensando ad Anna, delusa. C'era stata una tale attesa per il suo arrivo e la sua offerta di aiuto. Avevo chiesto a Moni di contattarla per vedere se poteva colmare alcune lacune. Volevo sapere cosa le era successo prima di entrare nello specchio. Cosa sapeva? Cosa aveva visto?

Volevo anche sapere perché era saltata nello specchio prima che tutti noi fossimo nella stanza.

Le lacrime mi scendono sulle guance in un pianto silenzioso. Darryl mi manca così tanto. La vita sarebbe molto diversa se lui fosse qui. La vita è troppo breve, troppo preziosa per sprecare un solo momento.

Mi accascio contro il cuscino e chiudo gli occhi.

***

I miei piedi si sollevano da terra. Volo con le mie ali da farfalla monarca verso l'aria aperta. Mi alzo sempre più in alto nel cielo, mentre gli aerei mi passano accanto. I passeggeri salutano dai finestrini. Gli uccelli si fermano. Uno si posa sulla mia spalla. Apre e chiude il becco cantando, come se cercasse di conversare con me. Poi vola via, felice di aver tentato di comunicare con i suoi simili.

Sotto di me, una piccola persona alata mi segue. Accarezzo il mio pancione, ma mi accorgo che non c'è più. La persona alata sotto di me è mio figlio. Le sue ali sono blu e nere. Sta imparando a volare. Si dirige verso di me, a fatica.

"Mamma", mi chiama.

Mi fermo in attesa che mi raggiunga.

"Mamma", chiama ancora.

Mi spingo giù finché non siamo fianco a fianco. Prendo la sua mano.

Insieme ci alziamo.

Getto la testa all'indietro, tenendo ancora la sua mano nella mia, e il cielo passa dal giorno alla notte in una frazione di secondo. L'aria da calda diventa fredda, il vento si alza e ci spinge via.

Io e mio figlio ci aggrappiamo, tenendoci stretti, sbattendo le ali in sincronia. Impotenti.

Il tuono si avvicina. I fulmini attraversano il cielo dietro di noi, sotto di noi, sempre più vicini.

Un colpo diretto sulle mie ali. Una scintilla si accende sulle sue.

Precipitiamo di nuovo da dove siamo venuti.

***

Mi sveglio urlando. Non mi sono svegliata per non svegliare la mamma.

Il sogno era stato così reale, così vivido. Aveva fatto lampeggiare e suonare i monitor. Il personale dell'ospedale accorse e prese il controllo.

"Era solo un sogno", dico per rassicurarli. Tuttavia, continuano ad accorrere.

Mi tolgo il sonno dagli occhi.

La mamma ha qualcosa che non va. Non sono venuti per me.

L'hanno messa su un letto d'ospedale e l'hanno fatta rotolare fuori dalla stanza. Le ruote la allontanano da me.

"Che succede?" Grido. Cerco di alzarmi, di andare con lei, di stare con lei. Devo raggiungere l'entourage.

Ma sono legato. Cerco di liberarmi. Non abbastanza velocemente.

Un'infermiera mi infila un ago nel braccio.

L'ultima cosa che ricordo è di averle imprecato contro.

***

Moni è al mio fianco quando mi sveglio. Quando mi sono addormentato era giorno. Ora è buio. Dalla finestra tutto sembra nero come l'inchiostro e senza stelle.

Mentre cerco di mettere insieme i pezzi, mio figlio mi dà un calcio fortissimo. È come se mi ricordasse di metterlo al primo posto, come se ne avessi bisogno. Prima c'è stato quel sogno spaventoso. Poi, la mamma era nei guai, malata o qualcosa del genere.

Torno di scatto alla realtà.

Moni mi porge un bicchiere d'acqua. Io e lei siamo amiche da così tanto tempo che a volte sembra che abbiamo una connessione telepatica. Moni è la migliore amica del mondo. Non so cosa farei senza di lei.

"Grazie", dico mentre bevo un sorso e sento l'acqua fresca scendere nel mio stomaco molto vuoto. Non c'è da stupirsi che il mio bambino stia scalciando come un matto. Ho bisogno di fare rifornimento, visto che oggi non ho mangiato. Non che il cibo dell'ospedale sia niente di speciale. Chiedo a Moni se le dispiacerebbe uscire di nascosto e prendermi qualcosa di simile a un fast food come premio.

Essendo la solita, logica, Moni mi suggerisce di chiamare l'infermiera. Chiede se possono fare qualcosa per me, in modo da non interrompere le esigenze alimentari mie e del bambino. Mi sembra un buon consiglio, anche se avrei ucciso un cheeseburger, patatine e frullato.

L'infermiera è disponibile e dice che avrebbe portato qualcosa di speciale per me il prima possibile. Nel linguaggio dell'ospedale, ciò significava che non appena avessi raggiunto il massimo dell'ordine. Chi prima arriva, prima viene servito.

Mi massaggio il pancione con una mano e sorseggio altra acqua per tenere a bada i morsi della fame.

"Dobbiamo parlare", dice Moni.

"Ti ascolto".

"Prima di tutto, tua madre sta bene. Ha avuto un ictus, ma da quello che ho capito non è stato grave. Non conosco i dettagli specifici perché non sono della famiglia, ma ho l'impressione che si riprenderà completamente".

Tiro un sospiro di sollievo e ricordo a Moni che lei è come la sorella che non ho mai avuto.

"Ho una sorella", dice Moni, "ma tu sei la mia sorella preferita".

"Ti voglio bene", dico.

"Ti voglio bene anch'io".

Rimaniamo in silenzio per un momento, poi lei dice: "Ho parlato con Anna per te. La visita a casa tua e allo specchio li ha completamente spaventati. Quei due non sono dei novellini. Lei, cioè Anna, non si è mai sentita così vicina al male puro come quando è stata dentro il tuo specchio".

Ricordo la sensazione di beatitudine quando ero con Darryl. La sensazione del suo tocco. Il suo legame con il figlio. Quello che stava dicendo sembrava ridicolo e lo dico.

"Cosa vuoi dire?"

"Prima di tutto, c'ero anch'io. Sì, era molto buio. Era umido e anche un po' puzzolente, ma non ho avvertito una presenza del male nell'aria. Se il male si annidava in quell'oscurità, allora avrebbe potuto prendere uno di noi due in qualsiasi momento. Eravamo alla sua mercé. Allora perché non ha fatto nulla?".

"Lei dice che il diavolo vuole solo le anime dei danneggiati. Quelle che hanno commesso il male o hanno fatto azioni malvagie. Le uniche eccezioni sono quelle che vengono da lui volontariamente e che sono pure di cuore".

"E Anna, dove si colloca in questo scenario? Chiedo.

"Anna ha detto che se tu e il bambino in particolare non foste stati lì, la cosa l'avrebbe presa. Dice che le ha sussurrato che si era persa, che era sua prima che lei entrasse nello specchio. Quando l'avete fatto, una luce emanava dal bambino. Non era una luce intensa. Era fioca, ma era sufficiente per farle capire che lei era lì. Quella luce l'ha condotta verso di voi e, all'ultimo secondo possibile, vi ha afferrato e l'avete tirata fuori. Senza il bambino, senza di te, si sarebbe persa, la sua anima sarebbe rimasta eternamente bloccata lì dentro".

Senza pensarci, accarezzo il piede del bambino. Lui si gira dentro di me.

Alzo lo sguardo quando entra nella stanza uno sconosciuto con una cartellina. Ha un cipiglio grande come il Grand Canyon, ma è in qualche modo arrossito e pallido allo stesso tempo.

"Lei è Cath?", mi chiede.

***

Non indossa un camice bianco e non è un familiare o un amico.

Annuisco, confermando che sono io.

In risposta, chiama: "Portate qui".

Due fattorini portano un oggetto grande e coperto.

Prima che lo svelino, so già di cosa si tratta. Lo specchio. "Che ci fa qui? Non vi ho chiesto di portarlo".

"Firma qui". L'uomo porge a Moni una penna. All'inizio lei si rifiuta categoricamente di firmare, ma l'uomo alza la voce. Minaccia di scatenare un putiferio, così lei firma, ma solo dopo che le ho detto di farlo.

"Penseremo a cosa farne dopo che questi due idioti - senza offesa - se ne saranno andati".

Moni sorride e anch'io sorrido.

I fattorini si ritirano.

"E adesso?" Moni chiede di allontanarsi il più possibile dallo specchio senza uscire dalla porta.

Mi sento al sicuro dove sono sul letto, avvolta nelle coperte. Da qui posso fare del mio meglio per ignorare l'elefante nella stanza. Cosa diavolo ci faceva qui e chi l'aveva mandato?

***

Il telefono di Moni squilla, facendo sobbalzare entrambi. È impegnata a spingere lo specchio di lato, vicino alla finestra.

"Torno subito", dice.

Mentre mi saluta, un nuovo addetto vede lo specchio e lo scopre. "Che bello specchio", dice. "La cornice e il legno in particolare sono assolutamente meravigliosi". Passa le dita sulle mani unite e incise e dice: "Non è giapponese?".

"Non lo so, ma appartiene alla mia famiglia da decenni".

L'addetto posiziona lo specchio in modo che sia visibile nella mia vista periferica. Una parte è rivolta verso di me e un'altra verso la finestra.

Guarda il retro dello specchio. "Ho già visto qualcosa di simile. Se mai volesse venderla, chiami qui e chieda di me o lasci un messaggio.

Mi chiamo Daniel Chung". Mi porge il suo biglietto da visita.

"Grazie", dico mentre Moni rientra nella stanza.

"Va tutto bene?", chiede guardando lo specchio e vedendo l'addetto che lo accarezza.

"Sì", rispondo, "Daniel mi stava dicendo che pensava che lo specchio fosse giapponese. Ha detto di aver già visto qualcosa di simile. E sarebbe interessato a comprarlo. Sempre che io voglia separarmene".

Moni impallidisce.

Daniel mi controlla il polso. Conferma che va tutto bene e mi chiede se ho bisogno di qualcosa.

"Che tipo strano", dice Moni.

Mi si rompono le acque.

***

Le cose accadono troppo in fretta. I monitor impazziscono. Iniziano le contrazioni. Sono dilatata e pronta a spingere. La frequenza cardiaca del bambino sta scendendo, così come la sua pressione sanguigna. Mi portano in sala operatoria e iniziano a prepararmi per un cesareo d'emergenza. Vorrei tanto che Darryl fosse qui con me.

È tutto un lavoro manuale. Mi hanno drogato e sono entrati per salvare mio figlio.

Sono fuori di me, non vedo e non sento nulla. Guardo il personale dell'ospedale che si muove. Ascolto le macchine. Spero e prego che mio figlio stia bene.

Lo sollevano, così posso vederlo.

Non piange.

È blu.

Io urlo.

Qualcuno mi infila un ago nel braccio.

Dormo sapendo che mio figlio è morto.

***

Mi sveglio e ricordo.

"Vuole tenerlo in braccio?", mi chiede un'infermiera.

Annuisco.

Esce dalla stanza.

Mi alzo dal letto.

Mio figlio arriva in una teca di vetro avvolto in una coperta verde. Indossa un berretto di maglia abbinato.

Me lo porge. Le lacrime mi scendono sulle guance mentre bacio la sua fronte fresca e ci vedo riflessi nello specchio dall'altra parte della stanza.

Cammino verso di lui.

Sono ancora una mamma. Tengo in braccio mio figlio.

Bacio ciascuna delle sue palpebre.

La terra sotto i miei piedi inizia a tremare, mentre il sole urla luce nella stanza, nello specchio e in mio figlio.

Le sue palpebre si aprono. Mi vede. Mi conosce.

Poi se ne va.

Barcollo, stringendo tra le braccia la leggerezza del nulla.

Nello specchio, Darryl tiene in braccio nostro figlio.

"Ti voglio bene", dice Darryl baciandogli la fronte.

"Anch'io ti voglio bene", dico mentre nostro figlio comincia a piangere.

Lo specchio inizia a girare prima lentamente, poi prende slancio. Urta e si muove, si contorce come se stesse per volare via.

Ipnotizzato, non riesco a distogliere lo sguardo.

La mano di Darryl esce dallo specchio e io la prendo.

E siamo insieme per sempre, Darryl, il nostro bambino e io.

# DESIDERIO DI MORTE

ERA DIFFICILE PER LUI pensare ad altro.

Viveva in un'epoca perfetta. Un'epoca in cui poteva trovare qualsiasi cosa online.

Video e foto. Tutto ciò che aveva bisogno di sapere. Anche cose che lo spaventavano a morte! E poteva farlo al lavoro o a casa.

Tutto ciò che doveva fare era tenere aperte più schede e, quando ne aveva bisogno, passare da una all'altra. Era come se fosse una spia, che giocava al gatto e al topo e che solo lui sapeva che stava giocando.

Trascorreva ogni ora di veglia, o il più possibile, a fare ricerche. Organizzava e riorganizzava i pezzi del puzzle. La chiave era la preparazione. Mettere tutto insieme, finché non era pronto. A quel punto sarebbe stato facile e, con tutti i fatti sul tavolo, avrebbe eliminato la possibilità di fallire.

"Il fallimento non è un'opzione", si disse, chiedendosi chi l'avesse detto per primo. Incuriosito, lo cercò su Google. Trovò un libro omonimo attribuito a Gene Kranz, direttore di volo del Controllo Missione della NASA.

Il problema della ricerca su Internet: le distrazioni. È così facile uscire dal seminato. In un buco nero. Se non ci badava, il tempo volava e presto sarebbe stato troppo vecchio per farlo.

E poi c'erano le interruzioni. La vita aveva le sue intrusioni, sia buone che cattive. Si poteva vivere facendo cose che si amavano o cose che si odiavano, ma in ogni caso il tempo ci stava sfuggendo di mano e non c'era nulla che si potesse fare per controllarlo.

Tutto ciò che si poteva fare era chiudere la porta, sperare e desiderare che il mondo sparisse. A volte, questa non era una bella sensazione per le persone che amavi nella tua vita, come tua moglie. O il proprio cane.

A volte si sentiva come se dovesse cadere per confessare tutto a sua moglie. Di gettarsi ai suoi piedi. Ma poi pensava a come si sarebbe sentito se il suo segreto non fosse stato solo il suo segreto. Come avrebbe dovuto rispondere alle domande e come le sue decisioni sarebbero state oggetto di discussione. Ogni piccola parte di lui sarebbe stata smontata come un biscotto di Natale.

No, decise. La segretezza era l'unico modo. Inoltre, lei si sarebbe preoccupata. E potrebbe coinvolgere altre persone, come i genitori di lui o di lei o i loro amici. Allora il gatto sarebbe uscito dal sacco.

Si chiese da dove provenisse quella frase. La cercò e ridacchiò del dibattito in rete, in particolare del paragone tra il tedesco e l'olandese "pig in the poke". Scorse la pagina, volendo scoprire il nome dell'autore, ma rinunciò quando sua moglie fece "he-hemm" dietro di lui. Passò lo schermo a qualcosa di neutro.

"Ancora qualche minuto", disse.

Lei si chiuse la porta alle spalle.

Ogni volta che infilava la testa dentro la porta... Anche dopo che se n'era andata... Gli sembrava di avere di nuovo sette anni e di essere stato sorpreso con le mani nella marmellata.

Maledetto cattolicesimo, pensò.

Si sentiva in colpa per tutto.

Non si stava masturbando o cose del genere.

Stava lavorando.

Per lo più, lavorava.

È vero, non veniva pagato, ma era comunque un lavoro. Aveva uno scopo. Cercò la parola "lavoro". Una definizione era "una forma di tortura".

Si mise a ridere.

Cercò di concentrarsi, ma non ci riuscì perché si sentiva dannatamente in colpa. Come se sua moglie gli stesse costantemente addosso. Come se sua moglie lo stesse rimproverando, cosa che non stava facendo. La sua mente gridava: "Non sono importante?". Si coprì le orecchie e rabbrividì. Il solo pensiero che lei lo denunciasse, che le sue parole lo tagliassero come il burro, gli faceva mordere il pollice...

"Si morde il pollice con noi, signore?", chiese alla stanza vuota.

"Hai detto qualcosa?", chiese sua moglie attraverso la porta chiusa.

"No", rispose lui. Poi, sottovoce, "Non mi mordo il pollice con voi".

Erano gli unici versi di Shakespeare che ricordava. Come Shakespeare, era un po' un drammatico.

Tornò al lavoro, sentendosi in colpa per aver mentito a Jayne.

Non stava guardando un porno o qualcosa del genere. Alcuni dei suoi compagni avevano i loro piaceri colpevoli online, ma non era il suo genere. Quando si vantavano delle loro conquiste, gli veniva voglia di sparire. Uno dei suoi amici sposati si era iscritto a diversi siti di incontri online. Gli mandavano foto sul cellulare e lui non le aveva nemmeno incontrate di persona. E poi c'erano i porno-dipendenti online. Ne parlavano, se ne vantavano persino.

Questo lo faceva sentire male. Si vergognava di essere un uomo.

D'altra parte, molte mogli erano in giro a comprare manette rosa dopo aver letto quel libro sexy nella lista dei più venduti. Anche sua moglie aveva provato a leggerlo, ma essendo un'insegnante di inglese non era riuscita a superare la pessima scrittura. Gli amici della moglie continuavano a dirle di provare. Le dicevano di ignorare lo stile di scrittura, ma l'insegnante che era in lei non glielo permetteva.

Ancora una volta, si lasciava andare alla mente. Cercò il titolo del libro sexy e scoprì un pupazzo inappropriato su YouTube che leggeva alcuni capitoli. Si mise gli auricolari e ascoltò, ridendo suo malgrado. Qualcuno si era dato molto da fare per metterlo insieme.

Ma non era altro che una distrazione. Doveva tornare al suo compito. Odiava se stesso quando non riusciva a concentrarsi, eppure si distraeva così facilmente.

Proprio in quel momento il suo cane Buddy abbaiò e lui guardò l'orologio. Buddy era fuori da quasi trenta minuti.

Sentendosi in colpa, saltò in piedi e fece qualche passo verso la porta senza cambiare lo schermo. Buddy abbaiò di nuovo e lui tornò a chiudere il portatile. Meglio prevenire che curare, pensò tra sé e sé mentre usciva dalla stanza e percorreva il corridoio.

"Troppo poco, troppo tardi", disse Jayne in tono ridente nella sua direzione, mentre Buddy gli veniva incontro saltellando.

"Scusa", disse lui, "l'ho sentito solo ora".

"Non preoccuparti", disse lei, "ero più vicina". Poi tornò a leggere e a segnare i compiti dei suoi studenti.

Lui e Buddy tornarono indietro lungo il corridoio ed entrarono nel suo ufficio. "Scusa, Bud", disse mentre il cane si sedeva sul pavimento e cominciava a leccargli la faccia. "Ti sono mancato, Buddy?", chiese ripetutamente, mentre Buddy abbaiava di sì.

"È meglio che torni al lavoro, Bud", disse rassegnato.

Tornò nel suo ufficio. Si sedette, deciso a concentrarsi.

Si avvicinò allo schermo, valutando i pro e i contro. Non scrisse nulla e non prese appunti. Se lo avesse fatto, qualcuno avrebbe potuto trovarli e leggerli. A quel punto avrebbe dovuto spiegare tutto, e non sarebbe stata una conversazione di cui voleva far parte, né ora né mai.

"Vuoi una tazza di tè?" Jayne chiamò dalla cucina.

"No, grazie", rispose lui.

Distrazioni e ancora distrazioni. Cinque semplici parole come "Vuoi una tazza di tè" potevano mandare il suo cervello in tilt. Iniziava a pensare a questo e a quello e a come tutto fosse collegato. E subito dopo si ritrovava un bambino che si dondolava sulle altalene nel giardino dei suoi genitori. Poi si vedeva dondolare da un albero nel parco. Sarebbe stato troppo esausto per fare ricerche. Non fisicamente, s'intende, ma mentalmente.

Tuttavia, oggi era soprattutto la sua giornata. Era domenica e Jayne avrebbe passato la maggior parte della giornata a correggere i compiti e a preparare la cena. Certo, si aspettava che prima o poi lui uscisse dalla sua "caverna". Era così che chiamava il suo ufficio. Un riferimento diretto a quel libro che aveva visto su Oprah. Sua moglie gliene aveva regalato una copia, sperando che lo facesse uscire dalla sua caverna maschile. Non ricordava l'occasione, ma da quello che aveva provato a leggere gli era sembrato una schifezza.

Jayne bussò di nuovo.

Fece appena in tempo a cliccare di nuovo sul sito della sua azienda prima che lei gli mettesse le braccia intorno al collo e lo baciasse sulla sommità del capo.

Lui inarcò le spalle involontariamente. Nascose il suo lavoro, immaginando che lei fosse interessata a qualsiasi cosa lui avesse sullo schermo.

Era interessata, perché aveva commentato che Facebook era aperto in un'altra finestra. Si sentiva come un imbranato che perdeva tempo la domenica pomeriggio guardando Facebook. O, per dirla in un altro modo, si sentiva un imbranato perché Jayne pensava che una domenica pomeriggio avrebbe preferito passare il suo tempo a sfogliare Facebook - invece di passare del tempo con lei. Non era affatto così, e voleva che lei fosse rassicurata su questo.

Ma allo stesso tempo pensò che forse qualsiasi cosa lei pensasse a questo punto era irrilevante.

Scorse con disinvoltura la sua posta elettronica di lavoro, fingendo di essere estremamente occupato, quando apparve una finestra di aggiornamento dello stato. La chiuse rapidamente, desiderando che Jayne se ne andasse.

"Sarai pronto a partire molto presto, amore?". Chiese Jayne.

"Certo, dammi cinque minuti", rispose lui, e mentre lei si avvicinava alla porta, "o forse dieci?".

"Ok, dieci sia, ma oggi hai davvero bisogno di prendere un po' d'aria fresca. Inoltre, preparo il guinzaglio di Buddy e può venire anche lui".

"Buona idea", disse, sapendo benissimo che Buddy non vedeva l'ora di uscire più di lui.

***

Basti dire che la loro avventura fuori porta non durò molto. Si arrivò al centro commerciale. Folla. Salariati. Perditempo. Gli emorroidi H della prossima settimana. Sorrise, ma non sentì il bisogno di condividere la battuta con Jayne.

Jayne si offrì di mettere via tutto e lui la lasciò fare.

Voleva e doveva entrare nella sua tana e chiudere la porta. Una volta dentro, fece come una tartaruga con la camicia che gli avvolgeva la testa. Si sedette così, cercando conforto e silenzio finché non fu abbastanza calmo per ricominciare la sua ricerca.

Quando rialzò la testa, sentì Jayne che preparava la cena. Canticchiava un canale radiofonico vecchio stile. Immaginò Jayne ai fornelli con Buddy seduto lì, che aspettava pazientemente che gli arrivassero uno o due assaggi.

Questo era il Bud-meister per voi. Aspettava sempre, e con quegli occhi da cerbiatto che ti guardavano, dovevi lanciargli qualcosa. Quel cane gli sarebbe mancato molto.

Scosse le nocche un paio di volte come un pianista professionista. Poi tracciò le dita sulla tastiera. Ricerca su Google. Quello che apparve, però, era completamente diverso da qualsiasi cosa avesse mai visto prima!

Era online. C'erano dei veri e propri video di persone che lo facevano. Farlo! Guardando il primo, gli sembrò quasi di essere la persona del video. Il cuore gli batteva forte, così come il battito cardiaco. Non poteva credere che la sola visione di un video potesse provocare una tale reazione.

Qualcuno dovrebbe lamentarsi di questo, pensò, e poi: "Dovrei lamentarmi di questo". Ma non aveva intenzione di farlo. Ne guardò un altro, e un altro, e un altro ancora. Ogni volta gli sembrava di essere lui stesso la persona interessata. Ogni volta il cuore quasi gli saltava fuori dal petto.

Spense tutto. Era troppo. Davvero troppo!

Continuò a riprodurre nella sua testa ciò che aveva visto. Non riusciva a sfuggirgli. E più ci pensava, più si spaventava. Più si spaventava e più il suo coraggio diminuiva, fino a chiedersi se avrebbe potuto andare fino in fondo.

Era tutto negli occhi. Gli occhi delle vittime in preda al panico!

Considerò le loro espressioni facciali. Decise che avevano quell'espressione perché, a differenza di lui, non avevano fatto alcuna ricerca in precedenza.

Pensò che dovevano aver preso una decisione e si erano messi all'opera. Questa idea non riusciva a comprenderla.

Era troppo rischiosa e se avessero cambiato idea?

E se lui avesse cambiato idea all'ultimo momento?

Non voleva che questo accadesse a lui.

Era certamente diverso da loro.

Forse era troppo prudente.

Forse era troppo ottuso e noioso per poter cambiare la sua vita, per poter prendere il controllo della sua vita. Tutto ciò era dovuto al fatto che era stato in balia del tapis roulant aziendale per così tanto tempo. Lui e tutti gli altri criceti. A fasi alterne, a fasi alterne, senza che si vedesse nulla.

Odiava la sua vita. Sì, amava Jayne e amava Buddy, ma la vita non è solo lavoro e letto.

Sì, fare l'amore era bello e le coccole erano belle. Gli amici e la famiglia e tutte quelle cose emotive erano belle. Ma la vita doveva offrire di più. Doveva proprio! E lui aveva intenzione di allungare la mano e afferrare quell'anello prima che fosse troppo tardi.

Perché sapeva che se non avesse fatto qualcosa per dare presto un significato alla sua esistenza su questo pianeta, allora tanto valeva non essere nemmeno qui.

Chiuse il portatile, abbassò la testa e si addormentò.

***

Nel suo sogno, non aveva le gambe. Era solo una testa e un busto, seduto alla scrivania a scrivere. Non aveva nemmeno una sedia speciale. Nel sogno era seduto sulla stessa sedia di sempre, con le rotelle sulle gambe. Quando scriveva, la vibrazione delle sue dita sulla tastiera faceva muovere e ondeggiare il suo busto. Poiché la sedia non aveva braccioli, il busto si inclinava nella direzione della mano con cui stava scrivendo. Era strano, ma non aveva paura di cadere di lato. Si sentiva senza paura e, stranamente, ispirato.

Poi una canzone cominciò a suonare ad alto volume, da qualche parte in sottofondo. Era Mozart o Beethoven o uno di quei compositori classici. Qualcosa nella sua testa gli fece desiderare di battere i piedi, ma non li aveva. Si svegliò e lanciò un urlo.

Jayne e Buddy accorsero, spalancando la porta. "Hai l'impronta di una mela sulla guancia", disse Jayne quando si rese conto che stava bene.

"Scusa", rispose lui.

"La cena è quasi pronta", lo informò lei.

"Va bene", disse lui.

Lei fece cenno di chiudere la porta dietro di sé, ma lui disse che andava bene lasciarla aperta. Lei aveva un'espressione interrogativa, ma non disse altro.

Una volta raggiunta la cucina, lui andò a prendere una birra nel frigorifero. Cenarono in un ambiente piacevole ma non loquace. Si amavano, ma a volte l'amore non bastava.

Non bastava quando Jayne aveva scoperto di non poter avere la famiglia che desiderava. Si era sottoposta a test su test e tutto sembrava funzionare bene. Poi è stato sottoposto al test e le loro speranze e i loro sogni sono andati in frantumi. Non aveva abbastanza nuotatori sani. In quel momento ogni speranza di avere una famiglia era morta.

All'inizio era stata gentile a riguardo. Era quasi come se fosse sollevata, perché il problema era suo e non di lei, il che andava bene, ma in qualche modo lo faceva sentire meno uomo. Non ne parlò mai con lei. Né con nessun altro, se è per questo.

Dopo lo shock iniziale, considerarono altre opzioni come le adozioni, la fecondazione in vitro o i surrogati. Nessuna di queste opzioni gli piaceva. Nel profondo del cuore, sentiva che Jayne meritava qualcuno migliore di lui. Qualcuno che potesse darle tutto ciò che desiderava.

Fu allora che lui e Jayne, mentre tornavano a casa da un viaggio, notarono un rifugio per animali. Cani e gatti senza casa. La coppia non aveva mai considerato la possibilità di adottare un animale domestico.

"Potremmo dare un'occhiata", suggerì Jayne.

"Credo che non possa far male", aveva acconsentito lui.

Una volta entrati nel rifugio, i latrati e i miagolii li colpirono duramente. Due cacatua si unirono al chiacchiericcio.

Si sentiva claustrofobico e voleva uscire.

Jayne iniziò a parlare con uno dei cacatua, che sembrò apprezzare il tono della sua voce. Lo guardò con un'espressione di speranza.

"Non sono d'accordo con l'ingabbiamento degli uccelli", disse lui.

"Hmmm", disse lei mentre si dirigeva verso i gatti. "Sono così tanti", osservò Jayne. "Sarebbe difficile scegliere".

"Io preferirei un cane", disse lui.

"Hmmm", ripeté lei.

Di conseguenza, il loro girovagare per il rifugio li portò a Buddy. Il suo nome allora non era Buddy.

Il personale del rifugio lo aveva chiamato Buster e si trovava al rifugio da poco più di un mese. Era una grossa palla di pelo, con piedi troppo grandi per il suo corpo. Si diresse goffamente verso di loro. Inciampando e sbattendo. Mentre la dog sitter cercava senza successo di tenerlo a freno. Ma era come se Buster avesse una mente unica.

Si diresse verso di loro. Si stese a terra ai loro piedi. Il cane lo guardò dritto negli occhi e non ci furono dubbi: quel giorno Buster sarebbe stato adottato.

"Posso cambiargli il nome in Buddy?", chiese.

"Non lo so, prova", suggerì il dog sitter.

"Vieni qui, Buddy", disse. "Vieni qui, ragazzo".

Buddy drizzò le orecchie e gli saltò in braccio. Quel giorno diventarono una famiglia di tre persone e da quel momento la loro vita ruotò intorno a Buddy.

Gli occhi gli lacrimavano ancora ogni volta che ricordava quel momento. Buddy gli sarebbe mancato e Jayne gli sarebbe mancata, ma l'avrebbero superata. Sarebbero andati avanti, col tempo, e sarebbero stati migliori per questo.

O almeno questo era ciò che continuava a ripetersi.

La sera andarono a letto alla stessa ora. Lei lesse un libro e lui cercò di leggere, ma nulla riusciva a catturare la sua attenzione. Così, pensava e fissava, pensava e fissava. E quando Jayne gli parlava del libro che stava leggendo, lui annuiva, ma non ascoltava davvero. Lei non si aspettava che lo facesse. Buddy era in fondo al letto e russava molto prima di loro.

Quando lei si addormentava, lui si alzava e camminava. Non lasciava che Buddy camminasse con lui, perché le sue zampe che andavano su e giù per il corridoio avrebbero svegliato Jayne. A un certo punto, durante la notte, decise che stava agendo in modo avventato. Si era detto che doveva semplicemente superare un'altra settimana di lavoro e che poi tutto si sarebbe risolto da solo.

Stava prendendo tempo, lo sapeva, ma non era cambiato nulla.

Era inevitabile.

***

Tuttavia, il lunedì mattina arrivò e la sveglia suonò.

Andò da Buddy e mangiò del pane tostato imburrato. Bevve una tazza di caffè e salutò Jayne con un bacio prima di andare in ufficio. Rimase seduto nel traffico bloccato per venti minuti. Ascoltò le notizie e le chiacchiere fino a desiderare il silenzio. Inspirò profondamente mentre le auto avanzavano ogni pochi istanti.

"Perché aspetto nel traffico ogni giorno per andare a un lavoro che odio?", si chiese ad alta voce.

"Perché sono così lamentoso?", rispose con un'altra domanda.

Perché devi fare qualcosa", gli disse una voce dentro la testa. Devi far ripartire il tuo cuore. Devi essere senza paura. Devi fare pipì o scendere dal piatto!

Più facile a dirsi che a farsi, pensò. Più facile a dirsi che a farsi.

In ufficio, salutò la receptionist che gli disse che il capo lo stava aspettando dentro.

"Avevamo in programma una riunione?", chiese mentre scorreva l'agenda sul telefono.

"No", confermò lei.

Sentì una goccia di sudore formarsi sulla fronte mentre entrava nel suo ufficio. Il suo capo si alzò, si scambiarono un saluto e si strinsero la mano come se fosse la prima volta che si incontravano.

Strano, pensò, visto che lavoro qui da sette anni.

"Siediti", disse il suo capo. Sembrava un ordine diretto, così lo fece, anche se era nel suo ufficio. Nel suo territorio.

"Cosa posso fare per lei, signore?", chiese.

"Mi è stato fatto notare che ultimamente ha passato un bel po' di tempo - anzi, devo essere sincero - su Google. Non ha portato nuovi clienti. Francamente, come azienda, siamo preoccupati, perché non stai reggendo il confronto. Non stai facendo il tuo dovere. "

Esitò per qualche secondo. La sua bocca si era aperta, ma poi l'aveva chiusa, senza dire nulla.

"Cos'hai da dire a tua discolpa?", chiese il suo capo, "Qualche... spiegazione?".

"Io... no", balbettò. "Ho solo...".

"Sputa il rospo, ragazzo", disse il capo. "Ci deve essere una qualche spiegazione!".

Lui si limitò a scuotere la testa.

"Forse ha dei problemi in famiglia?".

"No."

"Alcool? Droga? Morte in famiglia? Divorzio?".

Scosse la testa di no. Se solo fosse vero!

"Dai, amico", disse il suo capo, sempre più esasperato. "Dammi qualcosa su cui lavorare. Qualsiasi cosa!".

"Sono stato molto stressato. Un sacco di pressione".

"Sì, ecco qua, ragazzo. So che ti ho colto di sorpresa venendo nel tuo ufficio all'improvviso, ma ora ci stai prendendo la mano, ragazzo mio. Mi dica di più. Come possiamo aiutarla? Voglio dire, io e i soci".

"Non lo so davvero", disse. "Credo che sarebbe meglio se mi licenziaste".

"Ora, ora, chi ha parlato di licenziamento? Non siamo ancora arrivati a quel punto. Lei ha sette - li conti - sette anni buoni di lavoro qui. Beh, siamo realistici: probabilmente sono più sei e mezzo, ma lei è un membro prezioso della nostra squadra. Vogliamo aiutarti, se ce lo permetti. Come possiamo aiutarti, ragazzo mio?".

"Se non volete prendere in considerazione il licenziamento, prendereste in considerazione un congedo? Magari un mese di ferie? Senza stipendio va bene. Non mi dispiace. I-"

"Senza stipendio, ha detto. Beh, non c'è bisogno di stare senza stipendio. Oggi preparerò i documenti. Lo chiameremo congedo per stress. Un mese completamente pagato. Prenda sua moglie e Buddy e vada a fare una bella vacanza da qualche parte. Si rilassi". Si alzò, si chinò sulla scrivania e si strinsero di nuovo la mano.

"Grazie, signore", disse. "Grazie a lei. Davvero".

"Heather ti darà i documenti da firmare prima della fine della giornata. Oggi lavora, finisci tutto quello che puoi e poi delega il resto a qualcun altro. Invierò un promemoria a tutta l'azienda, dicendo che avrai un mese di ferie, ma non diremo il perché, ovviamente". Si toccò il naso, come per affermare il loro segreto condiviso. "Sarà una cosa tra me e lei".

Si alzò e accompagnò il suo capo alla porta. Il capo gli diede una pacca sulla spalla.

"Abbi cura di te e non preoccuparti delle cose qui. Noi terremo il forte fino al suo ritorno".

"Grazie ancora, signore", disse, e per un attimo riuscì anche a sorridere.

Poi si sedette al computer e tornò a fare le sue ricerche. Alla fine della giornata, tutti si riunirono intorno a lui. Sperò che non gli avessero comprato regali o altro. Non l'avevano fatto.

Fu un buon commiato. Mise tutti i suoi oggetti personali nella borsa e si sentì molto sollevato quando tornò in macchina.

Come al solito, arrivò a casa prima di Jayne. Portò Buddy a fare una rapida passeggiata intorno all'isolato e poi tornò al computer. Guardò il suo testamento e pensò di fare qualche modifica.

Jayne era ancora l'unica benefattrice. Decise di lasciare qualcosa al rifugio per animali dove avevano trovato Buddy. Era una buona somma: con quei soldi avrebbero potuto aiutare molti animali randagi e, così facendo, la sua vita avrebbe avuto un significato.

"Vieni qui, Bud", gli disse. "Ora devi badare a Jayne, ok? Conto su di te".

Buddy saltò su e gli mise le zampe sulle spalle. Si abbracciarono. Lui gli asciugò una lacrima dagli occhi.

Insieme andarono in cucina. Riempì la ciotola del cibo di Buddy, poi fece scorrere un po' d'acqua fresca dal rubinetto e gli riempì la ciotola dell'acqua.

Buddy si diresse subito verso il cibo, ma lui lo prese per un altro abbraccio. Si trattenne da un singhiozzo mentre andava in camera da letto e cominciava a preparare la borsa per la notte. Si limitò all'essenziale, lasciò il passaporto sulla scrivania e poi si sedette per scrivere un biglietto a Jayne.

Il testo recitava:

Carissima Jayne, ti amo più di ogni altra cosa, ma credo che staresti meglio senza di me. Per favore, prenditi cura di Buddy per me. Mi dispiace che debba essere così, ma ho fatto voto di renderti felice e questo è l'unico modo.

XOXO infinito.

Il tuo amorevole marito.

Mentre guidava lungo la Princess Highway, pensava alle cose che rimpiangeva di più. Non aveva seguito i suoi sogni. Non aveva permesso a Jayne di perseguire i suoi. All'inizio erano stati una forza da non sottovalutare. Ma ora... beh, le cose erano diverse. Lei aveva voluto viaggiare, volare, decollare e condividere avventure insieme, ma lui si era sempre tirato indietro.

Rimpiangeva la paura. Si detestava per la paura.

Lo faceva sentire meno uomo. E poi, quando non aveva abbastanza nuotatori, beh, quella fu la goccia che fece traboccare il vaso.

Cominciò a mettere in discussione tutto. Perché era stato messo sulla terra? Qual era il suo scopo?

Come avrebbe potuto cambiare le cose?

Si ricordò di quella mattina, quando aveva baciato Jayne per l'ultima volta. Naturalmente lei non lo sapeva, ma lui sì. Anche se non gli avevano dato un mese di ferie, non sarebbe tornato domani per niente al mondo. No, aveva altri progetti. Altri posti in cui essere. Altre cose da fare.

Per una volta, dopo tanto tempo, aveva uno scopo.

A quel punto dovette fermare l'auto, accostare. Riuscì a malapena a uscire dal veicolo in tempo. Le mani gli tremavano mentre vomitava. Nervi. Paura. Rabbia. Umiliazione. Tutto questo si agitava nel suo organismo, sconvolgendolo.

Mentre risaliva sulla Lexus, il suo telefono cominciò a squillare. Era Jayne. Cliccò sul pulsante per farlo smettere di squillare e mandò la chiamata direttamente alla segreteria telefonica. Guardò il telefono illuminarsi pochi istanti dopo con un messaggio. Spinse il pulsante per ascoltare.

"Sono appena arrivato a casa e ho trovato il tuo biglietto... non capisco. Io e Buddy non capiamo". Al momento giusto, Buddy abbaiò. "Vieni a casa, ok? Vieni a casa e possiamo parlarne. Parlarne". Lei annusò. "Ci sei? Mi stai ascoltando? Ascolta!". La voce di Jayne tacque per qualche secondo. Il messaggio si esaurì. Richiamò di nuovo. "So che stai maledettamente ascoltando, tu, tu... ti amo. Rispondimi!"

Riattaccò, spense il telefono e lo mise nel vano portaoggetti. L'avrebbero trovato lì, dopo.

Allontanandosi dal marciapiede, fece stridere le ruote dell'auto. Accese il motore, spinse il piede a terra e si allontanò.

Guidò per quasi tutta la notte. Era un po' paranoico che Jayne potesse coinvolgere la polizia, ma non successe nulla. Sperava che non si arrabbiasse troppo con lui.

Non c'era modo di tornare indietro.

D'altronde, non voleva farlo.

Dopo tutto, aveva realizzato tutto ciò che voleva, tutto ciò che poteva.

***

In piedi, in cima alla montagna, le ginocchia gli tremavano incontrollabilmente. Spinse alcune rocce dal bordo e guardò come cadevano verso il fondo. Ascoltò mentre scendevano, ticchettando e sbattendo contro la pietra. Alla fine sentì solo il più lieve dei tonfi e poi, finalmente, il silenzio.

Era una vista impressionante - le Montagne Azzurre - e ora tutto ciò che aveva letto al riguardo aveva perfettamente senso. Quando ci si trovava quassù, ci si sentiva piccoli per dimensioni e statura, ma parte di qualcosa di più grande di noi. Ci si sentiva tutt'uno con l'universo e, in qualche modo, senza paura.

Proprio in quel momento, un gruppo di rumorosi cacatua gli fece notare la propria presenza. I loro strilli acuti gli fecero tappare le orecchie.

Non devi farlo, si disse. Non hai nulla da dimostrare a nessuno. Potresti tornare indietro e tornare a casa da Jayne e Buddy e nessuno se ne accorgerebbe. Jayne capirebbe se tu spiegassi semplicemente quello che è successo in ufficio. Capirebbe perfettamente e ti sosterrebbe.

Rifletté per un altro momento, mentre guardava le nuvole che si facevano strada nel cielo.

La verità era che non poteva vivere con se stesso. Con la paura costante. Era troppo per lui accantonarla e tornare a casa, facendo finta che non fosse mai successo. Se si fosse arreso adesso e fosse tornato alla vita di sempre, non sarebbe stato in grado di guardarsi allo specchio. Non sarebbe più un uomo, non davvero. Non sarebbe nulla. La sua vita non avrebbe significato nulla.

"Ora o mai più", si disse.

E quando arrivò il momento, non ci pensò più.

Per la prima volta in vita sua, si era impegnato a fondo.

Si avvicinò al bordo e lasciò semplicemente che il suo corpo cadesse in avanti, partendo dalla testa. Fu facile, grazie alla ripida discesa. Ben presto, le spalle, il busto e le gambe si lanciarono verso il basso in perfetta sincronia.

Urlò. Non riuscì a trattenersi. Strinse gli occhi con forza, concentrandosi mentre il vento lo sballottava come una marionetta.

Si costrinse ad aprire gli occhi e gli sembrò di volare.

Sembrava di essere senza peso e sembrava che fosse destinato a essere proprio così, a librarsi in volo. Rise mentre affondava verso il fondo come un sasso.

Fu tutto finito in pochi minuti.

"Che figata!", esclamò mentre era appeso a testa in giù all'estremità di una corda elastica.

"Ancora! Ancora!", gridò mentre lo Riavvolto lo hanno ripreso.

# ADDIO

"RACCONTAMI LA STORIA DELLA prima volta che hai incontrato papà", chiese mia figlia di sette anni, anche se aveva sentito la stessa storia molte, molte volte.

"Sei sicura, tesoro?" Chiesi, sapendo bene cosa avrebbe risposto.

"Per favore!", disse lei, guardandomi con quegli occhioni blu che aveva ereditato dal suo papà.

"La versione lunga o quella ridotta?". Chiesi, scostando una frangia di capelli dai suoi occhi.

"Lunga!", disse, applaudendo come se non fosse mai andata a dormire.

"Shh", dissi. "Hmm, e adesso da dove è partito tutto?".

"Addio", ha detto papà", ha detto mia figlia.

"Esatto, tesoro", risposi, tralasciando la parte in cui suo padre mi spingeva contro la portiera dell'auto.

Afferrai la mia borsetta, infilai il braccio nella cinghia e, lanciando il mio peso contro la portiera come se fossi un linebacker, la spinsi ad aprirsi. Decollando prima con la scarpa destra con il tacco alto, non ci volle molto prima che mi rendessi conto che ci eravamo fermati vicino a una pozzanghera profonda fino alle caviglie. Prima che il mio cervello potesse registrarlo per evitare che il mio piede sinistro ci finisse dentro, lo aveva già fatto. Tuttavia, stavo scendendo, per andarmene, a prescindere dal danno che avrebbe provocato alle mie scarpe preferite.

"Oh", dissi, ormai completamente fuori dal veicolo con le spalle al guidatore.

"Allora sei finita in una pozzanghera!", strillò mia figlia.

"Sì, e tuo padre ridacchiò mentre si allontanava con una sterzata del pneumatico posteriore, facendo schizzare il contenuto della pozzanghera sul resto di me. Spazzolai via l'acqua sporca, fredda e puzzolente, scuotendola prima che si depositasse sul mio vestito. Con l'altra mano alzai il dito medio in direzione del veicolo che stava abbandonando".

Mi fermai, avendo dimenticato di eliminare quella parte.

"Perché?", cominciò mia figlia.

"Non importa", continuai, "giusto in tempo per scorgere la mia borsetta che rimbalzava accanto al veicolo. Ack! Quella borsetta nera mi aveva regalato dieci anni di felicità perché si abbinava a tutto e a tutte le situazioni. A doppio uso, poteva essere portata a tracolla o a spalla e sul petto. Aveva scomparti per tutto, compreso il mio telefono".

"Oh no, il tuo telefono!", esclamò.

"Sì", risposi sorridendo. "Come avrei fatto a tirarmi fuori da questo impiccio? Ma soprattutto, ti starai chiedendo come sono arrivato a questo punto. Ci arriverò tra un minuto, ma prima devo valutare la mia situazione. Fare il punto della situazione e prendere il controllo. Per prima cosa, ho tolto l'acqua dalle scarpe mentre uscivo dalla strada, attraversavo l'erba rugiadosa e andavo sul marciapiede. Mi rimisi le scarpe, che, bagnate com'erano, preferirono il bagnato a qualsiasi strisciante notturno in agguato, e mi diressi verso il lampione più vicino.

"A questo punto, mettendo le mani sui fianchi in una posizione da Wonder Woman, mi misi all'opera per elaborare un piano per tirarmi fuori dall'impiccio in cui mi ero cacciata".

"Era un bel quartiere", disse.

"Con i prati curati e nemmeno un'erbaccia o un veicolo in vista: erano tutti nascosti al sicuro nei loro garage doppi o tripli. Belle case, contengono belle persone. Giusto? Così decisi senza indugio di scegliere una casa, bussare alla porta d'ingresso e chiedere aiuto. Scelsi la casa numero sette e mi diressi verso di essa. Durante il tragitto".

"Ti sei dispiaciuta per te stessa, mamma".

"Certo che sì. Non meritavo di rimanere bloccata in mezzo a un territorio sconosciuto, a notte fonda, tutta bagnata, puzzolente e senza un soldo. Quando mi avvicinai al prescelto, il numero sette, un fruscio riempì l'aria, seguito dal fruscio di un irrigatore automatico che si dirigeva verso di me. All'inizio non corsi, ero già bagnata, ma quando il getto d'acqua si rivolse contro di me, urlando, mi misi a correre. Ora il mio viso era bagnato di lacrime che non avevo mai pianto, mentre attraversavo il prato della casa che speravo mi avrebbe salvato. Numero sette".

"Non dovresti mai parlare con gli sconosciuti, mamma", disse mia figlia.

"È vero, tesoro, ma ero nei guai, bagnata e senza telefono. Tu hai sempre il tuo telefono e ci sono i numeri di papà, della nonna e della zia Lil".

"E io conosco il tuo numero, quello di papà e quello della nonna nella mia testa".

"Proprio così, piccola. Allora, torniamo alla storia. Non sei ancora un po' stanco?".

"No, sto ancora aspettando la parte più bella!".

Continuai: "Ora che ero qui, mi chiedevo che ora fosse. E mi chiedevo se ci fosse qualcuno in casa. E mi chiedevo se fossero in casa, se mi avrebbero aiutato. Ero bagnata, sporca e senza documenti. La mia sicurezza stava diminuendo di momento in momento, mentre mi voltavo, appoggiandomi al campanello che risuonava da cima a fondo della casa, mentre le luci si accendevano e si spegnevano. E corsi. Tornai verso il luogo in cui ero stato lasciato. Un territorio per così dire familiare. Avrei camminato fino a un negozio all'angolo dove avrebbero avuto un telefono che mi avrebbero lasciato usare e avrei potuto chiamare aiuto e inviare loro i soldi per la chiamata. Sì, è quello che avevo intenzione di fare, finché un'auto non si è affiancata a me e all'interno ho riconosciuto un volto amico. Sono stata davvero salvata!".

"Era la zia Lil!", ha esclamato mia figlia e, naturalmente, aveva ragione.

***

"Mentre viaggiavo in macchina con Lil, ricordai il mio amore non corrisposto per Jasper Winters. L'avevo osservato da lontano, i suoi capelli biondi e ondulati, gli occhi azzurri, il naso con le lentiggini che lo attraversavano. Era così dolce, così premuroso. Faceva sempre coppia fissa con una ragazza o un'altra e le mie amiche mi dicevano che la mia ossessione per lui si stava avvicinando allo stadio di stalker. Per questo ho accettato di andare contro l'unica cosa che mi ero sempre rifiutata di fare: uscire con un perfetto sconosciuto in un appuntamento al buio. Sì, con lo stesso ragazzo che ora teneva in ostaggio la mia borsetta. Il suo nome: Adam Trent".

"Il mio papà!", esclamò lei. "Questa è la parte migliore".

Sorrisi.

"Era stato il nostro primo incontro, all'inizio della giornata, nella zona ristorazione del centro commerciale. Il luogo dell'incontro era stato concordato ed era un luogo pubblico. Un posto dove avremmo potuto chiacchierare con molto movimento intorno a noi. Questo ambiente ci avrebbe tolto la pressione. Avrebbe fatto sentire meno triste il vuoto in cui nessuno dei due aveva niente da vedere. Ma è una parola che si può definire "vuoto"? Non lo so, ma avete capito il senso. Tramite il nostro amico comune abbiamo deciso che era un'opportunità per conoscerci di persona. Se c'era sintonia, ci siamo accordati in anticipo per organizzare il prossimo incontro che avrebbe incluso un film o una cena. Il passo successivo è stato fatto solo se entrambi sentivamo di essere in sintonia. Altrimenti, eravamo entrambi d'accordo che era hasta la vista baby! Adios e buona liberazione! Se solo avessi saputo allora quello che so adesso! Allora non sarei in questa posizione. Ma come dice il proverbio, il senno di poi ha 20/20 anni. Quando lo vidi per la prima volta, dall'altra parte dell'area ristorazione, non era il tipo di persona che spiccava tra la folla. Mi è piaciuto subito questo aspetto, che si mimetizzava come me e quando ho fatto rotolare il suo nome, Adam Trent, sulla lingua mentre lo pronunciavo, gli si addiceva e mi sono subito rilassata".

"Amore a prima vista", esclamò mia figlia.

"Lo è stato", dissi. "Dopo aver fatto le presentazioni, essendoci dati dei gomiti visto che entrambi indossavamo la maschera obbligatoria, mi chiese cosa volessi da bere e andò a prendere il caffè. Mi ha ordinato bene, con panna e zucchero, il che mi ha fatto capire che era un buon ascoltatore e mi ha fatto ben sperare. Mentre eravamo seduti e sorseggiavamo i nostri caffè, abbiamo chiacchierato con un senso di familiarità, come se fossimo più che conoscenti, più che amici. Rideva, ma non troppo forte. Odiavo le persone che ridevano a voce molto alta, attirando l'attenzione su di sé. Adam non era così. Era premuroso, gentile, comprensivo e parlare con lui era normale. O forse dovrei dire come la nuova normalità, visto che chiacchieravamo liberamente indossando le nostre maschere protettive. Tuttavia, non credo che avrei sbagliato a pensare che, se qualcuno ci avesse osservato, sarebbe stato chiaro che ci sentivamo a nostro agio l'uno in compagnia dell'altro. Passammo da una cosa all'altra con una certa facilità e presto mi disse che in autunno avrebbe frequentato l'università. Io, piuttosto maldestramente, lo informai che mi sarei presa un anno di pausa. Non gli dissi i dettagli, che avevo bisogno di guadagnare soldi prima di poter tornare. Era un'informazione eccessiva e non gli serviva sapere nulla di me. Né gli ho detto che avevo vinto una borsa di studio per la letteratura classica inglese".

"Spero di specializzarmi in Letteratura del Novecento", rivelò.

"Wow!" Esclamai: "Voglio specializzarmi in letteratura classica inglese!".

"Con questo grande amore per la letteratura in comune, è facile che si crei un legame, no? Avremmo un ponte da una terra di letteratura all'altra. Lui avrebbe scoperto i miei autori preferiti e io i suoi e avremmo vissuto per sempre felici e contenti. Questo è ciò che pensava una parte di me. Con l'altra, ascoltavo mentre cantava le lodi del suo autore preferito da Dio nel mondo: Kurt Vonnegut. Continuava a lodare ed esaltare tutto ciò che riguardava la sua scelta del più grande romanzo di tutti i tempi: Mattatoio Cinque".

"Finché non ha esagerato", ha commentato mia figlia.

"Sì, decisamente troppo. Anzi, così tanto che non ho avuto altra scelta che difendere i veri maestri, come Shakespeare, Dickens e Twain, le cui opere hanno resistito alla prova del tempo". Dopo che il suo volto ha ripreso il suo colore normale, ha inserito nella conversazione alcuni Vonnegut-ismi, come: "Solo nei libri impariamo cosa succede veramente".

"È stata una battaglia di libri!", disse mia figlia.

"Sì, e la nostra prima discussione. Ho detto: "A proposito di dire cose ovvie!", prima di rispondere con la frase di Mark Twain: "È meglio tenere la bocca chiusa e lasciare che la gente pensi che sei uno sciocco, piuttosto che aprirla e togliere ogni dubbio". Avevo letto da qualche parte che Twain era uno degli autori preferiti di Vonnegut. Questo era comunque un aspetto positivo di lui.

"Si alzò, attraversò il tavolo e mi baciò a lungo e con forza la maschera. Proprio lì, nel bel mezzo dell'area ristoro. Questo in risposta al fatto che gli avevo afferrato la mano quando aveva detto che Vonnegut era lo Shakespeare del nostro tempo. L'aveva detto con una tale convinzione, dal suo cuore e dalla sua anima, che mi aveva quasi fatto credere che fosse vero".

"Quelli che hai baciato! Che schifo!", disse lei, coprendosi il viso.

"Il bacio, benché brusco e inaspettato, era stato bollente anche se c'erano delle maschere tra di noi. Non ci eravamo accorti che gli altri nella zona ristorazione ci stavano fissando - avevamo lasciato che andasse avanti troppo a lungo. Dopo esserci separati, ci siamo rimessi a sedere e siamo scoppiati a ridere. Decidemmo subito di andare a vedere un film nel centro commerciale. Durante il tragitto verso il cinema, il legame si è affievolito. Se ci piacessero gli stessi film, potremmo riaccenderlo? Allora non sarebbe tutto perduto? Abbiamo parlato dei film che gli piacevano e abbiamo concordato che l'ultimo di Tom Cruise sarebbe stato adatto a entrambi, ma era già iniziato e quindi non se ne fece nulla. Non riuscimmo a trovare un accordo su nessun altro film.

"Prendiamo qualcosa da mangiare", suggerì.

"A quel punto erano quasi le dieci e anch'io stavo morendo di fame. Avevamo bevuto solo un caffè, ed era passato un sacco di tempo, e da un po' di tempo sentivamo l'odore dei popcorn".

"Per me va bene", dissi.

"Al centro commerciale o fuori?", chiese.

"Ho detto che avremmo dovuto prendere una boccata d'aria e così, usciti dal centro commerciale, siamo andati nel parcheggio a più livelli. Vagammo per più di trenta minuti prima che mi dicesse che non si ricordava dove aveva parcheggiato.

"Poi ti sei tolto le scarpe".

"Vonnegut diceva: "Siamo ciò che fingiamo di essere, quindi dobbiamo stare attenti a ciò che fingiamo di essere"". Fece una pausa. "Non sei molto femminile, vero?".

"Sei un uomo?" Chiesi, citando Lady Macbeth. Mi sentii subito in colpa per quella particolare citazione e cambiai prontamente argomento: "E la carta? Sai, dove si paga? Non c'è scritto a che livello hai parcheggiato?".

"So di aver parcheggiato a questo livello", disse, "continuando a premere il pulsante sul suo portachiavi e ascoltando una risposta come un uccello che chiama la sua compagna. Quando finalmente l'auto e il portachiavi si ritrovarono, erano quasi le 23.00.

"Ora che ero nel veicolo, con le scale che mi salivano su entrambe le gambe e le piante nere dei piedi, feci un respiro profondo e cercai di rilassarmi. Il cibo avrebbe sicuramente aiutato il mio umore e, si spera, anche il suo. Non era troppo tardi per ricominciare. Eravamo andati d'accordo fino allo scontro letterario. Allacciate le cinture di sicurezza, spinse il piede sul pavimento e partimmo, intorno al parcheggio e in strada. Guidammo per un bel po', ascoltando musica country. Lui cantava con me, mentre io mi trattenevo dall'impulso di dire "yippie ki-yay!".

"Allora, che tipo di cibo ti piace?". "mi chiese dopo aver ascoltato alla radio l'ultima proposta di un locale di tacos".

"Non ho più fame", risposi, pensando che lui, data l'attualità del suggerimento, volesse portarmi in un locale di tacos. Odiavo i tacos. Come poteva mangiare un taco, con carne e roba che cadeva dappertutto, rientrare nei suoi criteri da donna? Non volevo saperlo. Più che altro per dispetto dissi: "Shakespeare è il re della letteratura e Vonnegut è un semplice giullare in confronto".

"Poi papà ha frenato".

"Eravamo l'unico veicolo in periferia, in mezzo al nulla, e questa è la storia di come io e tuo padre ci siamo conosciuti", dissi, alzandomi e rimboccando le coperte a mia figlia. Lei si stiracchiò, sbadigliò e pochi istanti dopo dormiva profondamente. All'uscita chiusi la porta e andai in camera nostra.

# SOLO VENTI

Quando zia Gin morì, solo venti ospiti al di fuori della nostra bolla familiare furono invitati a partecipare al funerale. Questo numero era limitato a causa della pandemia. La distanza sociale e le maschere erano obbligatorie per tutta la giornata. Questo includeva il servizio alle pompe funebri, la sepoltura e il banchetto.

Poiché zia Gin sapeva di essere vicina alla fine della sua vita, selezionò personalmente i venti invitati prima di lasciare questo pazzo mondo.

Come da tradizione familiare, voleva ancora una bara aperta. Con una nuova richiesta, però. Voleva che anche lei indossasse una maschera. Zia Gin ha sempre avuto uno strano senso dell'umorismo.

"Come diavolo faccio a fare un elogio funebre appropriato? Un elogio che mia sorella merita... se indosso una di quelle stupide maschere!" chiese Marvin, il fratello minore di Gin.

Seduto di fronte a Marvin c'era il secondo cugino Frank. Sbuffò la sua sigaretta, pensando profondamente prima di rispondere.

"Avranno un microfono e sarà sufficiente".

Mary, la nipote preferita di zia Gin, che era in cucina a preparare il tè, gridò.

"Il microfono sarà regolabile, intendo dire in base alla tua altezza. Così potrai fare in modo che la tua bocca", si pulì le mani sul grembiule e stanca di gridare entrò in salotto. Si fermò a metà frase e, rendendosi conto di aver dimenticato di portare il tè, si ritirò rapidamente. Tornò con un vassoio sovraccarico che tintinnava a ogni passo.

Frank e Marvin la stavano ancora fissando con la bocca spalancata in attesa che lei completasse la frase.

"È posizionato proprio di fronte", disse come se non fosse passato tempo tra la prima e l'ultima frase. Ora che l'aveva detto, si rese conto che il peso del vassoio le faceva tremare le braccia. Si chinò e lo abbassò con cura sul tavolo di vetro. "Grazie per... l'assistenza", aggiunse con un tono tagliente di sarcasmo mentre si accovacciava per prepararsi a versare.

Marvin e Frank non alzarono un dito. Il che era normale per loro due. Una donna faceva cose da donna e un uomo faceva cose da uomo.

Riempì la pentola, poi aprì il nuovo pacchetto di biscotti al cioccolato che aveva conservato per la compagnia. Lei e zia Gin tenevano sempre una scatola dei loro biscotti preferiti nella credenza, ma non li toccavano mai. Entrambe sapevano che, se l'avessero aperta, l'avrebbero consumata tutta, quindi la tiravano fuori solo quando c'era compagnia.

La giovane donna e la zia Gin erano sempre state maliziose e in combutta. Ricordando che la zia era una pignola nella presentazione, distribuì i biscotti sul piatto. Si chiese se zia Gin stesse guardando dall'alto. Sospirò, sentendo anche ora che una parte di sé mancava.

Marvin non era completamente impegnato. Stava invece fissando fuori dalla finestra, pensando di dover indossare una maschera. Frank stava sbuffando con una nuova sigaretta che aveva acceso subito dopo che l'altra si era bruciata.

Marvin, notando finalmente il capolavoro di sua nipote, chiese: "Cosa diavolo stai facendo laggiù?".

"Sto preparando il tè e i biscotti", disse Mary, mescolando la pentola, poi chiudendo il coperchio e dandogli un colpetto per sbrigarsi.

"Allora prenda una sedia o qualcosa del genere. Non stare lì accovacciato come un...".

"Accovacciati", disse Frank, ridendo della sua battuta visto che nessun altro lo faceva.

"Non importa, ora è pronto", disse Mary. Riempì le tazze vuote con il liquido dorato e fumante. Poi aggiunse uno spruzzo di latte e la quantità di zucchero solitamente richiesta. Lei stessa non prendeva zucchero. "Vuoi un biscotto al cioccolato? Erano i preferiti di zia Gin".

"Sarebbe un vero peccato rovinare il tuo disegno a spirale", disse Marvin, allungando la mano e facendo proprio questo.

"Non per me", disse Frank. "Biscotti e sigarette non vanno d'accordo".

Mary servì per prima la tazza di tè a Marvin, che era il più anziano. Poi mise la tazza di Frank su un sottobicchiere accanto alla sua sedia, che era altrimenti occupata. Cioè, accendere un'altra sigaretta. Lei rabbrividì quando lui posò il mozzicone della vecchia sul piattino di fine porcellana della zia Gin.

"Grazie", esclamarono entrambi.

Mary rimise a posto il disegno dei biscotti e guardò verso l'alto. Poi ne tolse delicatamente uno da ogni estremità e attraversò la stanza cercando di non rovesciare la tazza da tè troppo piena mentre si dirigeva verso il divano a due posti. Aveva evitato di sedersi lì, ora che zia Gin non era più seduta accanto a lei. Una parte di lei sentiva come se l'equilibrio dell'universo fosse saltato senza Gin.

Prima che zia Gin avesse i giorni contati, lei e Mary cenavano quasi sempre su vassoi davanti alla televisione, sedute sul divano a due posti, guardando Coronation Street. Mary aveva registrato il programma da allora, aspettando che lo spirito di Gin raggiungesse il luogo in cui stava andando per poterlo guardare insieme come facevano sempre.

Questo prima che lo zio Marvin e il cugino Frank si trasferissero qui. Prima che la pandemia rendesse necessario un posto dove vivere per i parenti a distanza. Ora formavano la loro bolla sociale, cioè non avevano bisogno di indossare maschere nelle vicinanze degli altri. Ma tra poche ore avrebbero dovuto indossare le temute maschere per la cerimonia funebre: nessuno voleva essere l'infettore o il contagiato.

"Quello che vorrei sapere è perché Gin indosserà una maschera. Questo è il primo punto", ha detto Marvin. "In secondo luogo, perché ha invitato i parenti che ha invitato. Alcuni di loro non sono in contatto con lei e con nessuno di noi da oltre vent'anni. Dio sa che Gin ha cercato di tenere unita la famiglia, in tempi in cui restare uniti sarebbe stato scontato".

"Le maschere sono obbligatorie per tutti e Gin voleva essere onnicomprensiva. E sì, zia Gin è sempre stata quella che pensava al meglio di tutti", disse Mary.

"Anche quando non era giustificato", disse Frank, accendendo un'altra sigaretta e aggiungendo: "Questo piattino sta diventando piuttosto pieno".

Mary posò la sua tazza di tè sul tavolo, prese il piattino e lo gettò nel cestino in cucina. Trovò un piattino sbeccato in fondo alla credenza - zia Gin non permetteva di fumare in casa e non aveva posacenere - e lo mise sul tavolo accanto alla tazza e al piattino di Frank. Annuì.

"Qualcuno di voi vuole un altro bicchiere, visto che sono in piedi?", chiese.

Anche Marvin tese la tazza vuota. "E un altro di quei biscotti mi andrebbe bene".

Mary prese due biscotti, uno per ogni estremità del disegno e li mise sul piattino con un cucchiaino, prima di versare il tè, lo zucchero e il latte. "Ti ringrazio", disse Marvin, soffiando sul tè prima di berne un sorso.

Frank rifiutò altro tè con un gesto della mano. "Nessuno di noi ha contattato quei fannulloni perché non li sopportavamo. Nemmeno Gin, o almeno così pensavo".

Marvin immerse nel tè un biscotto che si sbriciolò e si ruppe. Usò il cucchiaino per recuperarlo, aspirando il biscotto inzuppato prima che si dissolvesse nel nulla.

"Questi biscotti non sono consigliati per essere inzuppati", disse Mary, sorridendo.

"Ora me lo dice lei", disse Marvin.

"Vuoi che ti prenda un'altra tazza e un altro piattino?".

"No, rimani dove sei. Sei andato in giro a occuparti di noi come se fossi il nostro personale assunto. Mi accontenterò, ma grazie per averlo chiesto".

Mary sorrise e addentò il suo biscotto. Lo assaporò mentre il cioccolato si scioglieva sulla lingua.

Il trio rimase seduto in silenzio, giocherellando con le tazze da tè, i biscotti e le sigarette, finché Mary non ruppe il silenzio.

"Zia Gin aveva dei rimorsi per aver perso i contatti con le persone. Le pesava molto sul cuore e anche se i venti ospiti - anche quando li aveva contattati - non rispondevano alle sue chiamate o alle sue lettere, non li aveva mai cancellati. Anzi, pregava per loro ogni sera prima di addormentarsi".

Suo fratello era affascinato e confuso. "Gin, pregava per il prozio Dave, che l'aveva praticamente uccisa quando stava con loro da bambina durante le vacanze estive? È una cosa enorme da perdonare per lei. Immagino si sia rammollita con la vecchiaia".

Mary si alzò in piedi con le mani sui fianchi: "Zia Gin era molte cose, ma una cosa non era tenera. Li avrebbe presi a calci nel sedere se si fossero presentati alla porta senza preavviso prima di ammalarsi - sai che odiava quando la gente si presentava senza essere invitata - ma voleva ricucire i rapporti, perdonare e dimenticare". Le parole le si bloccarono in gola, così come l'ultimo biscotto che aveva appena ingurgitato.

Frank si alzò, attraversò la stanza e le diede un forte schiaffo sulla schiena. Un biscotto parzialmente mangiato volò attraverso la stanza e finì nella tazza di tè di Marvin con un tonfo.

"Non sai che dovresti masticare prima di ingoiare?". disse Marvin, rimettendo il tè sul vassoio con uno sguardo di disgusto.

"Mi dispiace tanto", disse Mary, raccogliendo tutto e portandolo in cucina.

***

Mary sciacquò le tazze e mise tutto in lavastoviglie, poi salì al piano di sopra per usare i servizi e per sistemarsi il viso. Aveva pianto e non voleva che nessuno lo sapesse. Mentre scendeva le scale, sentì delle voci alte. Scese rapidamente.

"Amavo mia sorella più di chiunque altro al mondo!". Disse Marvin. "Ma non vedo perché chiedermi di fare l'elogio funebre dovrebbe essere un problema per te!".

"Suvvia, suvvia", disse Mary.

"Io sarei stato più bravo", disse Frank. "Me l'hanno chiesto altre volte e sarei stato meno emotivo e meno giudicante".

"Perché tu!" disse Marvin, alzando i pugni chiusi in aria e agitandoli come se stesse facendo l'imitazione di un pugile dei tempi passati.

Frank attraversò la stanza, anche lui con i pugni alzati. Sembrava una versione geriatrica e caucasica di Ali contro Foreman.

I due rimasero in piedi, occhi negli occhi, fino a quando Mary non iniziò a lamentarsi con la melodia preferita di zia Gin: "Zitto, piccolo, non dire una parola, papà ti comprerà un uccellino".

Gli occhi di Marvin si riempirono di lacrime, lasciò cadere i pugni e si abbassò su una sedia.

Frank rimase immobile, mormorando le parole del resto della canzone mentre Mary le cantava. Quando lei finì di cantare, attraversò la stanza, dove una foto della zia Gin in una cornice gli sorrideva. Anche lui scoppiò a piangere.

"Ecco, ecco", disse Mary. "È quasi ora di andare e noi siamo qui a discutere".

"Ha ragione", disse Frank. "Inoltre, avremo bisogno di un fronte unito quando quei buoni a nulla si faranno vivi".

"Sempre che non ci infettino: siamo nel bel mezzo di una pandemia, non lo sanno?".

"I ristoratori ne terranno conto. Mentre siamo alle pompe funebri e al cimitero, allestiranno tutto qui per rispettare le linee guida sulla distanza sociale per tenere tutti al sicuro".

"Ma quegli ignoranti dovranno comunque togliersi la maschera per mangiare e bere alcolici, e ne avremo bisogno in abbondanza".

"Che vergogna", rispose Mary. "Tutto questo è stato gestito e pagato da zia Gin". Disgustata e dopo averne avuto abbastanza, si ritirò nella sua stanza per vestirsi con il completo nero che aveva scelto. Gli uomini erano già in abito nero e pronti a partire.

"Immagino che useranno coltelli e forchette di plastica e piatti di carta", disse Frank. "E avranno bottiglie di disinfettante per le mani in tutta la casa e il giardino. I nostri parenti dovranno entrare per usare i servizi, ma la maggior parte della cerimonia si terrà all'esterno, in giardino".

"Peccato che Gin si sia sbarazzato dei servizi esterni", disse Marvin.

Mary chiamò dal piano di sopra: "Ho dimenticato di dire che dipingeranno dei segni sull'erba e/o metteranno dei cartelli dove le persone dovranno stare. Per quanto riguarda i servizi, abbiamo noleggiato uno di quei bagni portatili. Dato che sono solo venti e noi siamo in tre, dovrebbe esserci spazio per tutti e la fila non dovrebbe essere lunga".

"Ci avete pensato davvero bene!". Gridò Marvin. "Noi tre possiamo rientrare di nascosto e usare i servizi al coperto del q.t.".

Mary apparve in cima alle scale, pronta a partire. "Grazie. Ho avuto molto tempo a disposizione per pensarci e volevo che tutto fosse esattamente giusto per zia Gin. Io e lei abbiamo parlato di tutto, fino all'ultimo dettaglio. Voleva togliermi il peso di provare a fare tutto da solo mentre io ero in lutto per la sua perdita".

Marvin si accarezzò i capelli sul mento. "Se non fosse stato per questa dannata pandemia, avrebbe voluto di più. Avrebbe chiesto un regolare rogo del fienile, o una veglia funebre, per celebrare la sua vita. È quello che si merita!".

Frank disse: "Lo avrà, e noi le daremo la migliore di sempre, dopo che questa pandemia sarà finita. Inviteremo gli altri parenti, quelli che ci piacciono, e forse anche qualche celebrità locale. Tutti hanno amato Gin. La saluteremo come merita! Ma per il momento, dobbiamo trarre il meglio dalla situazione".

Mary attraversò la stanza, pensò di sedersi, ma il vestito si sarebbe stropicciato, così tornò in cucina a piegare i tovaglioli di carta. Si era offerta di farne il più possibile prima dell'arrivo del catering, sapendo che le sarebbe servito qualcosa per tenersi occupata. Pensò a tutto ciò che zia Gin aveva chiesto di fare quel giorno. Voleva che Marvin le facesse un brindisi, dopo che tutti avessero mangiato. Aveva persino scritto quali piatti voleva che fossero serviti e aveva scelto il catering che li avrebbe preparati. Sì, zia Gin aveva pensato a tutto. Le voci che si alzavano in salotto la riportarono lì.

"Gin ha detto che avrei avuto la parte del leone negli affari, per questo mi ha nominato esecutore testamentario", disse Marvin.

"Ha detto che potevo tenere la casa", disse Mary. "È anche la mia casa, ho vissuto qui con zia Gin per la maggior parte della mia vita".

"Nessuno mette in dubbio questo fatto", disse Frank. "Hai rinunciato a tutto, per essere qui e aiutare Gin quando nessun altro era in grado di farlo. Avresti potuto sposarti, avere dei figli... ma hai preferito la famiglia a te stesso. È il minimo che potesse fare, lasciarti la casa".

Marvin annuì. Per una volta i due erano d'accordo su qualcosa.

"Ho detto a Gin che non volevo né avevo bisogno di nulla da lei", disse Frank.

"Speriamo che ti abbia ignorato", disse Marvin ridendo e vedendo che i due erano finalmente di buon umore,

Mary tornò in cucina per finire di piegare i tovaglioli prima della partenza per le pompe funebri.

Anche se i tovaglioli erano di carta, erano delicati e morbidi. L'azzurro cielo con una linea rosa sull'angolo sinistro era stato scelto anche da zia Gin. Mentre Mary continuava a piegare, le venne automatico guardare il giardino e lasciare che le sue dita facessero il lavoro.

I suoi occhi vagarono verso i fiori appena piantati sotto la quercia gigante. L'alito di bambino e le rose stavano finendo, ma i loro colori erano ancora vivaci e si muovevano come vecchi amici che danzano al passaggio del vento.

Mentre ripiegava l'ultimo tovagliolo, la mano destra le sfiorava la pancia. Lo faceva di tanto in tanto, anche se non era più incinta da anni. Il desiderio non è mai scomparso. Zia Gin non l'aveva mai detto a nessuno. Nemmeno Mary lo aveva fatto, nemmeno il padre.

E lì, sepolta sotto quei fiori, all'ombra di quell'enorme quercia, c'era l'eterno riposo di sua figlia. La sua bambina non era sopravvissuta più di qualche minuto in questo mondo.

Presto sarebbero arrivati i parenti e si sarebbero riuniti tutti nella casa che ora era sua e avrebbero celebrato la vita di zia Gin.

Poi Mary, come gli altri, avrebbe indossato la sua maschera e si sarebbe isolata in quel punto sotto l'albero dove non si sarebbe mai sentita sola. Nel luogo in cui sapeva che zia Gin sarebbe stata al suo fianco, tenendo in braccio la bambina di Mary.

Il trio, zia Gin, Mary e la bambina, sarebbe stato testimone silenzioso, mentre il resto della famiglia si faceva a pezzi.

# BAMBINO PANDEMICO

"GUARDA, ECCOLO CHE ARRIVA di nuovo: è Pandemic Boy", gridò il ragazzo alto e allampanato di dieci anni dai capelli biondi.

Il suo amico non era così alto, né allampanato, né biondo: era un rosso che rideva prima di dire la sua. "Dov'è il tuo mantello, ragazzo? Non sai che TUTTI i supereroi hanno il mantello?".

Il ragazzo che avevano soprannominato Pandemic Boy era più giovane degli altri due, ma dietro la maschera non aveva paura.

"Non Spiderman", rispose con un sorrisetto.

Sebbene fosse più giovane e più piccolo di statura, non in centimetri ma in piedi, con le mani sui fianchi - assomigliando più a Superman - chiese: "E dove sono le vostre maschere?".

Questo non era il primo confronto del cosiddetto Pandemic Boy in tempi di pandemia. In passato aveva usato la posizione di Superman a braccia incrociate per ottenere il controllo della situazione. Sembrava funzionare bene sia per i bambini che per gli adulti. Era anche utile sapere di avere la legge dalla sua parte.

"Non siamo seguaci", disse il ragazzo biondo, schermandosi gli occhi dal sole con la mano sinistra, poi voltò le spalle al ragazzo in modo che lui e il suo amico fossero ora faccia a faccia. E disse a bassa voce: "Togliamogli la maschera".

Il ragazzo dai capelli rossi ci pensò, spingendo la punta della scarpa da ginnastica nel terreno, pensando che erano già più numerosi del Ragazzo Pandemico di due a uno. Inoltre, era un ragazzino, anche se aveva la lingua lunga e se l'era cercata. Ma non era un bullo e non voleva diventarlo. Si concentrò, facendo un cerchio nella terra davanti a sé, poi si tastò la tasca dei jeans. "Il mio è proprio qui".

"Dimostralo", chiese Pandemic Boy.

Il ragazzo biondo lanciò un'occhiata al di sopra delle sue spalle al ragazzo più piccolo e si voltò rapidamente. Con i pugni stretti avanzò verso il ragazzo più giovane. Battendo il dito sul viso del ragazzo mascherato, disse: "Chi-credi-di-essere-qualunque-ragazzo?". Ogni parola giustificava il proprio tocco sul mento mascherato del Ragazzo Pandemico e, data la differenza di altezza e di massa, il ragazzo più giovane dovette piantare saldamente i piedi al loro posto.

Il ragazzo dai capelli rossi disse: "Mi metto la maschera".

Il cosiddetto ragazzo pandemico non parlò, ma annuì in segno di approvazione, mentre il suo amico, il ragazzo biondo, guardandosi alle spalle, lo guardava male.

Tutti e tre tennero duro.

***

A volte il tempo si ferma. Come se tutti gli uccelli si dimenticassero di volare e tutti gli orologi di ticchettare. Questo non era uno di quei giorni e, man mano che il tempo avanzava, altri bambini uscirono da qualsiasi luogo fossero stati per vedere cosa stava succedendo. Si radunarono intorno a loro, chiacchierando, sussurrando, cercando di capire cosa doveva essere successo per far rimanere fermi i tre ragazzi per così tanto tempo.

"Stavo guardando fuori dalla finestra della mia camera", ha detto un ragazzo, "e ho visto il ragazzino mascherato minacciato dal ragazzino biondo che era molto più alto e più grande. Poi ho visto che erano in due e sono dovuto uscire, soprattutto quando il ragazzino più grande si è avvicinato e ha colpito il ragazzino sul petto", ha detto, toccandosi la maschera come farebbe un adulto con la barba.

"Stavo correndo lì", ha detto una bambina, "e ho visto tutto. Il ragazzo con la maschera se l'è cercata, avvicinandosi a due ragazzi più grandi. Sono sorpresa che i due non lo abbiano picchiato". Poi si rivolse al cosiddetto Ragazzo Pandemico: "Ehi ragazzo, perché non fai una corsa finché sei in tempo? Prima che quei due ragazzi più grandi ti massacrino di botte?".

Il trio al centro della folla rimase immobile, come una statua. Stavano ascoltando i commenti degli altri ragazzi che si stavano formando in folla e loro no. A questo punto nessuno lo sapeva con certezza.

Il tempo passò e i ragazzi con le maschere si schierarono dalla parte del cosiddetto Ragazzo Pandemico e i ragazzi che non avevano le maschere si schierarono con gli altri due. La folla di bambini si spostò, si divise in due in modo da formare due schieramenti distinti. Tutti erano pronti ad agire, se e quando fosse scoppiata una rissa.

Passarono le ore e nessuno si mosse. Nemmeno quando le madri e i padri cominciarono a chiamare i figli a casa per la cena. Né quando i genitori, i nonni e i fratelli cominciarono a chiamare i bambini per andare a letto. Nemmeno quando il sole fu sostituito dalla luna e dalle stelle.

***

Alla fine, Pandemic Boy disse: "Adesso vado a casa". E al ragazzo biondo più grande, quello che gli stava ancora addosso, disse: "La prossima volta che ti vedo, assicurati di portare la maschera, ok? Questa è una pandemia, amico, e...".

"Ok, ok", disse il ragazzo più grande, facendo un passo indietro. "E la prossima volta che ti vedo, assicurati di indossare un mantello". Sorrise.

"Preferisci qualche colore?", chiese il ragazzo più giovane con un sorriso.

Il suo amico, il ragazzo dai capelli rossi che ora indossava una maschera, disse: "Dipende se sei un fan di Batman, Robin o Superman. Io mi vestirei di nero".

"Lo stesso", disse il ragazzo più giovane.

Andarono tutti a casa.

# I VISITATORI

"Aspettate un attimo", disse, prima di aprire la porta di casa.

Era rimasta dentro per quasi trenta giorni, in quarantena. Uscire, il solo fatto di uscire ora, le sembrava rischioso, anche se era stata in quarantena solo per proteggere le persone che amava, e altre che nemmeno conosceva. Si aggiustò la maschera, fece un respiro profondo e aprì la porta.

C'era un comitato di benvenuto ad attenderla e si sentì come la regina Elisabetta deve essersi sentita quando ha messo piede sul balcone di Buckingham Palace. Anche se la sua piccola ma confortevole casa con due camere da letto non aveva lo sfarzo e il fascino di un palazzo. Per un paio di secondi pensò di fare il saluto reale, ma alla fine cambiò idea quando cominciarono ad applaudire.

Imbarazzata, anche se una maschera le copriva gran parte del viso, alzò lo sguardo verso il sole alto nel cielo e sentì il calore dei suoi raggi. Era una bella sensazione respirare aria nuova e fresca, anche se la maschera le impediva di inspirare profondamente. Una canzone di John Denver cominciò a suonare nella sua mente. Canticchiò con nonchalance.

L'applauso era finito senza che lei se ne rendesse conto e lei era rimasta lì, come un maiale in camicia, mentre tutti aspettavano che dicesse o facesse qualcosa. Molti occhi pieni di lacrime, tutti la scrutavano al di là delle loro maschere. Non esistono due maschere uguali. Scrutò gli ospiti, concentrandosi sugli occhi dei proprietari che credeva di riconoscere. Nella sua mente giocò a chi è sotto quale maschera.

Tra la folla c'era una persona che, per dimensioni e statura, non aveva dubbi su chi fosse. Era sua nipote Emily. Gli occhi verdi, uguali ai suoi, spiccavano mentre la guardavano attraverso la maschera viola. Il colore preferito di Emily cambiava spesso, ma fu lieta di vedere che non era cambiato negli ultimi trenta giorni. Era però diventata più alta. Emily salutò con la mano e disse: "Ciao nonna".

"Ciao, mia cara Emily", disse la donna, sorridendo con le labbra sotto la maschera e con gli occhi sopra di essa.

La donna esitò, poi passò il pubblico da sinistra a destra annuendo mentre riconosceva ciascuno di loro.

Il primo fu Brandon. Era un grande appassionato di hockey e sulla sua maschera c'era una foglia d'acero di Toronto. "Forza Maple Leaf's!", ha detto. Lei gli diede il pollice in su. Almeno qualcuno aveva ancora la speranza che vincessero di nuovo la Stanley Cup.

Accanto a Brandon c'era la madre di sua moglie Emily. Sulla sua maschera c'era un messaggio "I heart Jamie Oliver". Lei sorrise, chiedendosi se il suo interesse per Oliver potesse aiutarla a cucinare un roast beef decente, un giorno. Si sorprese di questo pensiero da stronza e, vergognandosi di se stessa, andò avanti.

Poi c'era il signor Bob Moody. Era un vicino di casa, un vecchio brontolone che lei non aveva idea del perché avesse sentito il bisogno di partecipare indossando una maschera da operaio edile. Lui salutò con una familiarità che le sembrò strana, ma lei ricambiò il saluto per educazione.

Annoiata ormai di capire chi fosse chi, gli altri si confusero nell'attesa che qualcuno facesse qualcosa o le facesse sapere cosa si aspettava che facesse. Doveva fare un discorso? No, sarebbe stato stupido. La quarantena era durata solo trenta giorni. Non poteva abbracciarli. Né avvicinarsi a loro più di quanto non lo fosse già.

Aveva la temuta sensazione che qualcuno volesse che lei facesse un discorso e si chiedeva come avrebbe fatto a tenerne uno, che potesse essere ascoltato e compreso attraverso la spessa maschera di cotone. Poi pensò ai politici in televisione, come il Primo Ministro. Quando doveva parlare, si toglieva sempre la maschera, diceva il suo pezzo e poi se la rimetteva. Se andava bene per il Primo Ministro, andava bene anche per lei. Tolse l'orecchio destro dal cappio, poi passò all'altro lato.

Gli ospiti sussultarono e si allontanarono. Tutti tranne la nipotina.

"La nonna ti vuole bene", disse la donna, soffiando un bacio in direzione della piccola Emily.

"Anch'io ti voglio bene", rispose Emily, mentre i genitori, ora al suo fianco, la facevano indietreggiare.

Soddisfatta di aver sentito il sole, di essere uscita, di aver visto i suoi cari e di aver parlato con la piccola Emily, si inchinò, fece un passo indietro e chiuse la porta dietro di sé.

Il telefono cominciò subito a suonare e a squillare. Non rispose.

# LA CASA

La stanza era spoglia, a parte le librerie a muro vuote che fiancheggiavano il camino.

Le librerie vuote mi mettevano sempre malinconia. Come se il precedente proprietario avesse portato con sé tutti gli amici e i ricordi, ma avesse dimenticato le strutture che li avevano custoditi e messi in mostra durante la permanenza in casa. Di conseguenza, quando lasciavo una casa, per qualsiasi motivo, lasciavo sempre uno dei miei libri (ne compravo due di uno dei miei libri preferiti), sperando che il nuovo proprietario lo apprezzasse quanto me. Per me era come presentargli un nuovo amico. Se questo mi fa sembrare troppo sentimentale, non mi dispiace perché il mio caro marito ha sempre detto questo di me.

Mentre attraversavo la stanza, aggiustandomi la maschera, notai qualcosa di sottile come un wafer appoggiato alla parete. Era un piccolo tappeto.

"Perché mai è lì?". Chiesi. Anche se era logoro e piccolo, sarebbe stato meglio, davanti al camino. Almeno lì quella cosa pietosa avrebbe avuto uno scopo. Lo faccio spesso, dando agli oggetti inanimati dei sentimenti. Nel mondo letterario si chiama personificazione. Uso questo espediente così spesso che mio marito lo chiama Maggie-fication.

August è il nome di mio marito. E sì, lui è nato nel mese di agosto, è un Leone, mentre io sono un Capricorno.

Quando si avvicinò a me, rabbrividii. Sentivo sempre il freddo.

Parlando attraverso la sua maschera disse: "Fa caldo qui dentro, amore. Perché tremi?". Sbottonò il suo spesso cardigan di lana, regalo di nostro figlio Andrew, e lo tolse. Me lo posò sulle spalle e poi si spostò dall'altra parte della stanza.

Mi ci accoccolai dentro e dissi: "Grazie", mentre lo seguivo.

L'agente, che era una vecchia amica di famiglia, indossava una maschera che rifletteva la società immobiliare per cui lavorava. Si muoveva in modo udibile nell'altra stanza mentre noi ci facevamo un'idea della casa da soli.

Poco dopo, entrò nella stanza dalla porta più vicina all'oggetto che avevo notato sul pavimento. Ci incontrammo davanti ad esso, come se avesse sentito la mia domanda.

Judy Marsh, il nome del nostro agente da oltre venticinque anni, sembrava non avere parole, cosa molto diversa da lei. Lei e tutti gli altri agenti immobiliari del pianeta.

"Non è magnifico il camino?", esclamò.

Mi girai con il corpo verso il calore, mentre August, che spesso mi accusava di leggere troppi romanzi di Agatha Christie, tra l'altro ormai annoiato e desideroso di andare avanti, si avvicinò all'ingresso.

Judy disse: "Ho sentito la domanda che hai fatto qualche istante fa. Per completezza d'informazione", si toccò il naso. "Questa casa ha un po' di storia".

August, ora interessato, si riunì a noi.

"Che tipo di storia?" Chiesi.

Judy continuò: "Non ha senso raccontare storie se non vi piace questo posto. In questo caso, possiamo passare alla prossima casa. Ne ho in programma altre. Allora, qual è il verdetto di questa finora?".

August disse: "Non abbiamo ancora visto tutta la casa, è troppo presto per dirlo e...".

E non è gentile da parte vostra lasciarci innamorare del posto - non dico che sia questo il caso - e poi abbassare la cresta".

"Abbassare la barra", aggiunse August.

"Sputa il rospo!" Chiesi, mentre August prendeva la mia mano nella sua.

"Andiamo in cucina", disse Judy. "Metto su il bollitore e preparo una bella tazza di tè. Ho rifornito la credenza di alcune cose, come l'Earl Grey Tea e i biscotti, per un'occasione simile. Poi, tutto sarà svelato".

August, sentendo che venivano offerti una tazza di tè e un biscotto, seguì Judy in cucina e io, come si suol dire, mi misi in coda. Camminammo lungo un corridoio, che aveva soffitti alti ma era piuttosto squallido perché non c'era un lucernario: se avessimo comprato la casa, un lucernario avrebbe reso questo corridoio più accogliente.

"Un lucernario sarebbe un miglioramento", suggerì August, mentre lui e Judy entravano nella stanza adiacente attraverso un paio di porte a battente come quelle che ci si aspetterebbe di vedere in un vecchio western di Marlon Brando. "Queste devono sparire", disse August, mentre la porta oscillava e lo colpiva alle spalle prima che potessi arrivare a fermarla. Rimase lì, con le mani sui fianchi, la bocca aperta e nessuna parola.

Quando entrai nella stanza, capii perché August era rimasto senza parole, perché, accidenti, che vista spettacolare! La cucina e la sala da pranzo erano adiacenti, in un enorme spazio rettangolare a pianta aperta, con finestre e porte di vetro che si estendevano da un'estremità all'altra e si affacciavano su uno dei giardini più magnifici che abbia mai visto. Avrei tanto voluto che fosse primavera, in modo che tutto fosse in piena fioritura, ma anche l'autunno qui era bellissimo, con gli alberi che indossavano i loro colori autunnali.

"Dash lo adorerebbe", disse August. Dash era il nostro cucciolo di bassotto.

"Certo che lo adorerebbe", dissi io, mentre Judy, ora dietro di noi, giocava a fare la mamma versando l'acqua calda nella teiera.

Né August né io riuscimmo a distogliere lo sguardo dalla splendida natura che ci attendeva a pochi passi. "Posso aprire le porte?" Chiesi.

Judy annuì e August fece gli onori di casa. Immediatamente i suoni dell'esterno entrarono come musica nella cucina. C'erano cicale, ghiandaie azzurre, passeri, cardinali, un rospo... era una musica beata, fino a pochi istanti dopo, quando il tosaerba del vicino si mise in moto.

"Il tè è pronto", chiamò Judy.

"Tempismo perfetto", disse August, chiudendo le porte scorrevoli e facendo scattare la serratura. "Ciao tenebre mio vecchio amico", disse August. Era uno dei suoi brani preferiti da cantare, un classico del repertorio di Simon e Garfunkel.

"Non è buio qui dentro", dissi, mentre Judy versava e serviva il tè. A dire il vero, non ero un fan dei tè sofisticati come l'Earl Grey. Mi bastava una tazza di Typhoo. Aggiunsi due cucchiaini di zucchero, il doppio della norma con il buon vecchio Typhoo, e August fece lo stesso. Mentre sorseggiavamo, rifiutando il biscotto scelto da Judy, il gingernut, aspettavamo che iniziasse a raccontarci la storia a cui aveva alluso.

***

"Prima di tutto", esordì Judy, "nessuno viveva in questa casa da decenni".

"Decenni", ripetei, "com'è possibile?".

August svuotò i resti del suo tè. Judy fece subito un movimento per riempirgli la tazza, che lui evitò sgarbatamente mettendo la mano sopra il tappo.

Judy sorrise. "Non a tutti piace il mio infuso preferito, credo". Si riempì la tazza, poi continuò. "La casa è stata messa in vendita nel corso degli anni. Abbiamo assunto specialisti di allestimento da tutto lo Stato, sperando che il loro contributo aiutasse a vendere. Finora non ha funzionato".

"Non ha senso", disse August. "Di sicuro l'eco sarebbe minore se la casa fosse arredata". Sollevò la tazza vuota e sospirò.

"Preferisce una bottiglia d'acqua?". Chiese Judy e senza aspettare una risposta andò al frigorifero, tirò fuori tre bottiglie e le posò davanti a noi. Avevo la sensazione che questa sarebbe stata una lunga storia.

Uno strano suono, proveniente dal giardino, colpì le nostre orecchie contemporaneamente. August spinse indietro la sedia, scrutando il giardino che ora era solo parzialmente illuminato, dato che il sole stava tramontando. "Riesci a vedere qualcosa?" Chiesi.

August aveva una vista da aquila, anche se era più vecchio di me. "Shhh", disse. Aspettammo ascoltando attentamente, ma il suono non si sentì più. August tornò al suo posto e vi si sedette alzando le spalle.

Judy disse: "È meglio che teniate per voi commenti e domande fino alla fine. Voglio finire prima, cioè il più velocemente possibile".

August disse: "Siamo vecchi e invecchiamo ogni minuto di più. Se la storia che stai raccontando dovesse durare ancora a lungo, ci dimenticheremo di tutte le domande che potremmo avere".

Accarezzai la mano di August. "Se hai delle domande, scrivile sul tuo telefono". Era da tempo che cercavo di fargli usare la funzione Note del suo telefono. Io stesso la usavo per molte cose, compresa la lista della spesa. Gli avevo suggerito di usarla per lo stesso scopo. Tuttavia, tornava a casa senza quello che ci serviva e tornava di nuovo, questa volta con la carta in mano.

"Maggie", mi disse, "sai che non mi piace dipendere dalla tecnologia".

"Anche dipendere dagli alberi", intervenne Judy, "non è di buon auspicio per il futuro".

"La batteria di un foglio di carta non muore!", esclamò lui.

"Ma una penna esaurisce l'inchiostro", dissi sorridendo, poi dandogli un'altra pacca sulla mano gli porsi una penna e un foglio, che tenevo sempre nella mia borsetta per queste occasioni.

***

"Comincerò dall'inizio", disse Judy.

Sotto il tavolo August si agitava e si capiva che stava diventando sempre più impaziente e che pensava: "Fatti sotto, donna!", perché era quello che pensavo anch'io.

Finalmente Judy arrivò al punto. "Quando questo luogo fu colonizzato per la prima volta, tre persone morirono qui".

Aspettò che reagissimo, ma nessuno di noi lo fece. Avevamo già capito che era successo qualcosa di terribile e avevamo dedotto che doveva trattarsi di morti, omicidi e/o caos. Anche le mie ossa artritiche sentivano che qui era successo qualcosa di terribile. Mi avvolsi le braccia intorno a me, sentendo di nuovo freddo. August fece lo stesso, ma era più caldo di me, dato che aveva recuperato la sua cardy.

"In origine, nel XVIII secolo, qui era stata costruita una chiesa. Dopo che fu distrutta, e tre persone morirono - lasciando solo le librerie e il camino - tutte le religioni giurarono di non ricostruire mai più una casa di Dio qui. Così, cottage, case, case signorili, bungalow e, alla fine, il design del bungalow a due piani diviso in due parti della California in cui ci troviamo ora sono stati costruiti per soddisfare le esigenze e i requisiti dei proprietari per il periodo di tempo assegnato in cui vivevano. E così, molti parrocchiani, frequentatori della chiesa e famiglie hanno fatto di questa chiesa il loro luogo di culto e/o la loro casa.

Partiamo dalla chiesa originaria. A metà del XVIII secolo, in questa località è nata una comunità, una delle prime fondate in Ontario, dopo che molti immigrati avevano scelto questo luogo per stabilirsi e costruire il loro nuovo futuro.

Due di queste persone furono Lady e Lord Charleston, che divennero subito leader della comunità e che offrirono i fondi per costruire la prima chiesa senza alcun riconoscimento per loro stessi, se non una piccola biblioteca, nella canonica, in cui i libri potevano essere letti e presi in prestito dalla comunità su argomenti legati alla religione. Per farli stare comodi mentre studiavano o leggevano, al centro di due di queste librerie sarebbe stato costruito un camino.

Data l'importanza della richiesta, sono state fatte molte ricerche sul legno più resistente nel tempo. Un immigrato dall'Italia parlò molto bene del cipresso mediterraneo, dicendo di aver visto un altare in una chiesa romana fatto con questo legno che era sopravvissuto a un incendio che aveva distrutto il resto dell'edificio. Si decise di inviare alcuni alberi che potessero essere coltivati in loco e di ordinare che un'ampia fornitura fosse consegnata via nave in Canada. Col passare del tempo, lo stesso uomo parlò dei poteri soprannaturali di questo albero proveniente dal suo vecchio Paese. A causa del suo forte aroma, le famiglie piantavano gli alberi vicino ai loro cari nei cimiteri di tutto il Paese, per tenere lontani i demoni e per assicurare che le anime dei loro cari riuscissero a passare dall'altra parte".

Alcuni altri parrocchiani non erano contenti di questa blasfemia e suggerirono di usare gli alberi canadesi solo per l'impresa. Lord e Lady Charleston respinsero la mozione e la comunità attese la consegna del legno per la canonica e nel frattempo costruì la chiesa e poi la scuola e altri edifici. I nuovi arrivati affluirono nella comunità, scegliendo di stabilirsi in un luogo che offriva servizi e che consentiva a tutti di ambientarsi più rapidamente.

Il legno arrivò e la canonica fu costruita, ma non senza qualche difficoltà. Innanzitutto, un uomo che stava portando giù il tronco dalla nave, rimase schiacciato quando diversi tronchi si staccarono e gli caddero addosso. In seguito, vennero prese maggiori precauzioni, ma coloro che avevano messo in guardia dalla blasfemia sussurravano tra loro in modo consapevole.

Anni dopo, quando la colonia non aveva ancora un nome, fu suggerito di chiamarla New Charleston, e così fu chiamata e per molte generazioni tutti furono serviti dalla comunità e la popolazione crebbe a passi da gigante. Lord e Lady Charleston morirono, ma i loro ritratti furono dipinti e collocati sopra il camino della biblioteca della canonica, tra le due librerie. Contro una forte protesta dell'opinione pubblica, la biblioteca fu chiamata Archivio di Lady Charleston, poiché la famiglia donò la propria collezione di libri per riempire gli scaffali".

Svitai il coperchio della bottiglia d'acqua e ne bevvi un sorso, mentre August dava un'occhiata all'orologio. Il sole stava ormai tramontando e la maggior parte del giardino sul retro era al buio, tranne che per un unico riflettore fornito dalla luna.

"È in questa chiesa che sono avvenute le morti".

August e io ci avvicinammo, sperando che arrivasse presto al punto. Il mio stomaco brontolava. Era passata da un pezzo la cena e cominciava a dialogare con quello di August in un duetto di morsi della fame.

"Gingernut?" Chiese Judy, sventolandole davanti a noi. Declinammo educatamente. "Perché non ordino una pizza? Mentre viene cotta e consegnata, posso continuare la mia storia".

"Niente ananas", disse August. La pizza con l'ananas era una sua vera e propria fissazione. "L'ananas è destinato alla torta rovesciata, non alla torta di pizza".

"Non potrei essere più d'accordo", disse Judy, premendo le chiamate rapide sul suo telefono.

"Niente acciughe", dissi io, cercando di convincere il mio stomaco brontolante a calmarsi.

***

"Nel 1847, una donna, una sconosciuta, entrò nella comunità nel cuore della notte alla ricerca del marito e del figlio piccolo. Bussò alle porte, scatenando un vero e proprio putiferio, visto che era passata la mezzanotte. I membri della comunità uscirono dalle loro case, facendo a gara per aiutarla, e formarono una squadra di ricerca usando delle lampade per orientarsi. Era quel tipo di comunità, che si univa per aiutare gli altri, anche gli sconosciuti. Nessuno mise in dubbio le sue motivazioni, la sua storia o la sua sanità mentale.

Il mese era ottobre, quindi faceva freddo, ma non era ancora caduta la prima neve. Camminarono alla ricerca fino al sorgere del sole, poi si riunirono per mangiare, bere e scoprire di più dalla donna che era troppo esausta per scalare il posto con loro. Quando arrivò, fu prontamente alloggiata e messa a letto dopo una forte tazza di tè con una spruzzata di whisky per assicurarsi che dormisse tutta la notte.

Dopo altre discussioni e la conferma che nessuno aveva visto né il marito né il bambino, mangiarono insieme con il cibo fornito dalla società femminile della chiesa e discussero sul da farsi. Non era come oggi, dove si possono facilmente stampare manifesti e attaccarli ovunque con lo scotch, né i social media erano un'opzione. Invece, è stata assunta un'artista per fare un identikit della famiglia sulla base della descrizione della madre. La donna si chiamava Reba, suo figlio si chiamava Jacob e anche suo marito si chiamava Jacob.

Una sera, piuttosto tardi, un abitante del luogo vide la donna Reba entrare in chiesa, tenendo per mano un bambino. Si chiese dove fosse il marito, ma non pensandoci più andò a letto.

Reba aveva portato suo figlio in chiesa per accendere una candela sull'altare e ringraziare Gesù per averle riportato il marito e il figlio. La porta della chiesa non era stata assicurata perché Jacob Senior li avrebbe raggiunti presto. Una folata di vento, così forte, fece volare la fiamma e le incendiò la manica e, poiché in quel momento teneva in braccio suo figlio, anche il suo vestito prese fuoco. Jacob l'anziano entrò e corse verso di loro, lasciando la porta completamente aperta. Un vento più rabbioso lo seguì, mentre chiudeva la distanza tra sé e i suoi cari. La chiesa, che era stata costruita con alberi locali, si alzò con loro in un attimo.

La sala della comunità, dove le donne della chiesa stavano servendo il cibo ai volontari, sentì per prima l'odore di bruciato e corse in strada. La maggior parte dei volontari erano anche vigili del fuoco, ma le loro risorse all'epoca erano limitate. Hanno fatto il possibile per salvare la chiesa, ma ormai era troppo tardi. La canonica non era ancora inghiottita, così riuscirono a far uscire il sacerdote e a salvare, come ho detto, le librerie e il camino. La famiglia di tre persone morì... bruciata nel nulla. Cenere alla cenere, come si suol dire".

Judy fece un respiro profondo, bevve un sorso d'acqua, poi suonò il campanello. Raccontare la storia le aveva dato molto fastidio, così August si offrì di andare a prendere le pizze, ma Judy disse che doveva pagare lei - poteva metterlo tra le spese di lavoro - e alla fine andò alla porta. Tornò con le pizze calde e dall'odore delizioso e ci mettemmo a tavola senza parlare per un po', a parte gli "ooh" e gli "ahh" mentre assaporavamo il gustoso banchetto.

Ormai soddisfatta e con la pancia piena, Judy continuò il racconto.

"Da allora, si dice che i fantasmi di quella famiglia infestino questa casa. Qualsiasi cosa vedano le persone, le spaventa a tal punto che corrono fuori di qui urlando. Nel corso degli anni, le case sono state ricostruite su questa proprietà nel corso dei secoli, ma nessuno ha mai vissuto qui per un certo periodo di tempo".

Si stava facendo estremamente tardi; il racconto di Judy aveva richiesto un bel po' di tempo per essere completato.

"Potresti per favore andare avanti velocemente e portarci al presente?". Chiese August, ancora una volta in modo più sgarbato di quanto lui o io ci aspettassimo. Era passata l'ora di andare a letto e l'irritazione non era del tutto colpa sua.

Judy si scusò. "Questa casa è stata costruita venticinque anni fa. È stata comprata, venduta, affittata, ristrutturata... e più volte di quante io abbia le dita delle mani e dei piedi per contarle, nessuno vuole vivere qui". Si guardò intorno. "Sì, si presenta bene, ma c'è qualcosa che lo caratterizza. Qualcosa che fa scappare la gente. Soprattutto a quest'ora della notte. Volevo vedere se era successo anche a voi".

"Allora, siamo i tuoi amichevoli porcellini d'India", disse August, spingendo bruscamente indietro la sedia. "Andiamo avanti con la visita. Cosa c'è di sopra?".

Non mi mossi.

"Non hai idea; voglio dire, assolutamente non hai idea del perché la gente si comporti in modo così estremo? Per me ha poco o nessun senso. Sicuramente avresti visto quello che hanno visto loro".

"Io non vedo mai", disse Judy.

"Beh, questo è bizzarro", disse August.

Judy sorrise. "Lo so. Ed è per questo che, permettetemi di dirlo, le persone spirituali come i sensitivi, i mistici, gli indovini, le streghe, gli stregoni - nominatene uno e sono stati qui - sì, hanno persino esorcizzato questo luogo da un pilastro all'altro e ancora, la cosa che fa scappare tutti, compresi tutti quelli di cui sopra, accade ancora. Ognuno di loro è scappato verso le colline, urlando, e non è più tornato".

"Cose e sciocchezze", disse August.

Ma più ne parlava, più mi spaventava e più ero disposto a crederci, perché con il passare del tempo avevo sempre più freddo. In effetti, tremavo come se qualcuno fosse passato sulla mia tomba, anche se naturalmente non ero morto. Eppure. Il solo pensiero mi faceva rizzare i peli delle braccia.

Judy si alzò in piedi. "Ora sai quello che so io. Il prezzo è già basso, ma è ancora trattabile. Il proprietario vuole che sia venduto e tolto dalle sue mani, ieri. Perché non date un'occhiata al piano superiore, per farvi un'idea dell'ultimo piano?".

August disse: "Potremmo comprarla con amore, buttarla giù e ricostruire qualcosa che si adatti alle nostre esigenze, come un bungalow. Saremmo ancora in vantaggio e avremmo a disposizione un sacco di fondi per andare avanti per il resto della nostra vita".

Con le ginocchia tremanti, mi alzai anch'io tenendomi saldamente al tavolo. Sembrava bello, anzi troppo bello per essere vero.

Judy disse: "È un'abitazione designata come patrimonio culturale. Le librerie e il camino devono rimanere intatti. Questo non è negoziabile. Infatti, non posso accettare la vostra offerta se non siete disposti a metterlo per iscritto".

August e io uscimmo dalla cucina, come in trance, finendo in piedi sul tappeto che ora si trovava davanti al camino. Il fuoco ruggente che sputava e illuminava la stanza mi fece chiedere perché sentivo ancora più freddo.

"... elettricità", disse Judy.

Mi ero perso nella mia mente il paese dei libri e mi ero perso quello che stava dicendo.

"... l'ho spenta. Anche l'acqua".

Feci scorrere la mano lungo lo scaffale centrale, avendo ormai le idee chiare, mentre August usciva dalla stanza. Mi voltai e lo seguii, come fece Judy. Si fermò in fondo alla scala, guardò per vedere dove eravamo, poi iniziò a salire. Mi aggrappai alla ringhiera e salii anch'io. A metà strada, la ringhiera traballava, così come le mie ginocchia. I miei piedi sembravano affondare nelle scale di legno, facendomi sentire instabile. August era già in cima. Notai che si stava illuminando con l'applicazione torcia del suo telefono. Mi sentii orgogliosa che avesse finalmente trovato un uso per una delle applicazioni che gli avevo consigliato di provare.

Quando lo raggiunsi in cima, guardammo Judy che aspettava con il telefono puntato davanti a sé, anche lei usando l'applicazione della torcia. "Tra poco devo chiudere", disse.

"Faremo un bel giro", dissi, mentre August si allontanava da me verso la porta in fondo al corridoio. Mentre camminavo, la spessa moquette sotto i miei piedi sembrava morbida, così che era difficile affrettarsi. August aprì la porta, mostrando un bagno color pesca con lavandino, vasca, water e doccia. Il bagno era ornato di accessori: uno di quei tappeti di moquette gettati intorno alla sua base. Lo stile non era di nostro gusto e lo dissi, mentre chiudevamo la porta e passavamo a una camera da letto, piccola, decorata in blu con auto che attraversavano le pareti e stelle che si illuminavano quando puntavamo la torcia sul soffitto.

"Mi piacciono quelle stelle", disse August, facendo emergere il bambino che era in lui. Mi stupii che non gli piacessero anche le macchine sulla carta da parati. Forse gli piacevano, ma tra le due preferiva le stelle.

"Sì, togliamole e mettiamole sopra il camino, se lo compriamo", dissi.

Passammo a un'altra camera da letto, una stanza per gli ospiti, piena di fiori di ogni tipo, genere e colore. I girasoli erano stampati sul retro della porta.

"Molto accogliente", dissi, mentre ci spostavamo lungo il corridoio verso l'ultima stanza: la camera da letto principale. Mi venne in mente che una casa così grande avrebbe dovuto avere più di tre camere da letto.

August disse: "Possiamo costruire altre stanze sul terreno, quando la trasformeremo in un bungalow. Qui c'è tanto spazio sprecato".

Abbiamo dato un'occhiata al bagno privato, anch'esso molto datato e color pesca, anche se c'era una vasca idromassaggio ornata da rubinetteria e accessori dorati. E sopra di essa, un grande bow window offriva una vista panoramica su quello che supponemmo dovesse essere il giardino sul retro.

August salì sulla vasca, prendendomi per mano. Rimanemmo insieme, fianco a fianco, a guardare il giardino mentre apparivano tre figure. In ordine di altezza, a sinistra c'era un uomo, anche se, data la sua statura, si sarebbe potuto pensare che fosse un ragazzo. Il suo abbigliamento comprendeva un cappello a fiocco, una camicia di lino con balze sopra la vita, una giacca al ginocchio e dei calzoni che dimostravano il contrario. A tenere per mano l'uomo c'era un ragazzo la cui giacca scendeva appena sotto la vita, mentre i pantaloni si allungavano al ginocchio e i capelli scuri fuoriuscivano da sotto il cappello. A completare i tre c'era una donna, che teneva per mano il bambino. Indossava uno spesso cappotto trapuntato che le copriva i vestiti e una cuffietta da notte in testa, come se fosse uscita di notte all'improvviso. I volti pieni di tutte e tre le figure erano fissi sulla luna e sulle stelle, oppure erano vittime di un incantesimo.

"Sono veri?" Sussurrai aggrappandomi alla spalla di August, ma prima che potessi finire, tre paia di occhi ci guardarono direttamente e contemporaneamente emisero un urlo con voci così acute che dovevano aver svegliato tutti i cani del vicinato. Loro tre dissero,

"Ogni giorno veniamo qui a bruciare".

Ci coprimmo le orecchie mentre ripetevano il loro canto di sirena, poi le fiamme, partendo dai piedi e salendo verso l'alto, li inghiottirono e presto le loro grida si trasformarono in gemiti mentre si accasciavano a terra in cumuli di cenere.

Ho urlato. E poi successe una cosa che non era mai successa in tutti gli anni in cui eravamo sposati: anche August urlò.

Uscimmo dalla vasca, corremmo giù per le scale, oltrepassammo Judy e uscimmo dalla porta principale con una velocità che due vecchietti come noi non avrebbero mai creduto possibile. Salimmo sull'auto di Judy, che aveva guidato mentre ci mostrava la proprietà. Quando salì, partì facendo stridere le gomme.

Una volta che ci eravamo allontanati dalla casa, Judy ci disse con tono deciso: "Domani mattina vi preparerò un elenco di altre case da visitare. Vi troveremo la casa perfetta. Ci sono molte belle case sul mercato tra cui scegliere". Ci guardò nello specchietto retrovisore.

Io stavo ancora tremando e mi aggrappavo ad August.

"Ti va di raccontarmi cosa hai visto?". Judy chiese.

"Non li hai sentiti?". Chiesi.

Judy scosse la testa in segno di no.

"Fidati, sei tu la fortunata", disse August. "Ora portaci a casa. Noi restiamo qui".

Io e August non parlammo mai più della casa.

# UN OMICIDIO

Ero seduto in macchina, troppo spaventato per uscire.

Da dietro il vetro oscurato potevo vedere tutto, quindi perché mettermi in pericolo? Perché rischiare un'infezione quando tutto ciò che volevo era un po' di natura.

Perché non restare a casa, allora, tesoro? Sentivo la tua voce sommessa che me lo chiedeva nella mia testa. Proprio come se tu fossi qui, seduto sul sedile del passeggero accanto a me. Tu sei il mio defunto marito Gerald, sposato da quarantadue anni prima che la COVID lo facesse fuori. Sì, il mio Gerald ha ceduto al virus proprio all'inizio di questo periodo folle della nostra vita. Prima ancora che fosse definita una pandemia da coloro che dicevano di essere informati.

Anche quando fu confermato ufficialmente che Gerald era stato esposto al virus ed era stato infettato, lui non ci credeva. Aveva ceduto alla valutazione solo perché l'avevo convinto a venire con me, come avevamo detto nei nostri voti in salute e in malattia. Ero stata vicino a qualcuno che l'aveva contratta mentre faceva volontariato al banco alimentare. Non dovevo fare il test, ma pensai che meglio prevenire che curare e mi misi in quarantena volontaria per quattordici giorni: almeno io e Gerald potevamo stare insieme.

Quando arrivarono i risultati, Gerald era malato e il mio test era negativo. Dato che eravamo stati l'uno nelle tasche dell'altro, era probabile che l'avessi anch'io, solo che era asintomatico, così in quarantena andammo entrambi felicemente insieme, come lo eravamo stati per i quarantacinque anni in cui ci eravamo conosciuti.

Eravamo pronti ad affrontare la cosa insieme, poi mi fu detto di stare lontano dal mio Gerald, di limitare i contatti, di tenere una porta tra noi, di indossare una mascherina, di lavarmi spesso le mani - sapete come funziona. Io presi la stanza degli ospiti, Gerald la nostra. Ci davamo la buonanotte attraverso il muro, proprio come facevano i Walton.

Una notte in cui non riusciva a dormire, gli feci una serenata attraverso il muro con alcuni ritornelli della canzone con cui avevamo fatto il nostro primo ballo al liceo, una canzone intitolata Make Me Do Anything You Want di A Foot in Coldwater. La canticchiai tra me e me, mentre osservavo gli avvenimenti all'esterno. Un gruppo di oche canadesi stava mangiando l'erba a pochi metri di distanza. Abbassai un po' il finestrino, in modo da poter ascoltare le loro chiacchiere. Respirai profondamente, facendo entrare l'aria esterna, ma l'aria fresca non mi impedì di ricordare la parte successiva, la più difficile, quando Gerald mi fu portato via e ricoverato in ospedale. Non mi fu permesso di salire sull'ambulanza con lui e la sua caduta fu così rapida che non lo vidi più vivo.

Ho chiamato prima i bambini. Naturalmente, ora sono tutti cresciuti e hanno i loro figli. Bambini, capre. Bambini, ovviamente, è quello che intendo. Non so quando sono tornato alla descrizione comune. Probabilmente perché Gerald non è qui a dirmi di non farlo.

I nostri figli non sono potuti venire a causa delle restrizioni di distanza sociale. Le loro aree sono tornate alla Fase 2. Inoltre, non valeva la pena correre il rischio di contrarre il virus e di trasmetterlo ai nostri nipoti. Ci siamo guardati in faccia - con l'assistenza di una gentile infermiera - ma Gerald non ha parlato. A quel punto il sorriso era sparito dai suoi occhi e io lo sapevo.

Dopo la sepoltura - nessuno è venuto al funerale oltre a me - non sapevo cosa fare di me stessa. Fu ancora peggio dopo il pagamento dell'assicurazione. Per tutta la vita avevamo risparmiato e risparmiato, e ora lui non c'era più, non c'era nessun posto dove andare, non con la pandemia in agguato in ogni angolo, e il mio Gerald non era lì per condividerla con me, quindi non aveva senso andarci. Tutti quei soldi e non riuscivo a pensare a una sola cosa che volessi o di cui avessi bisogno, oltre a Gerald.

Quando si avvicinava l'autunno e le foglie cominciavano ad accendersi, innumerevoli volte indicavo a nessuno un albero particolarmente bello. E poi c'era il Ringraziamento all'orizzonte. Di solito preparavamo il banchetto di famiglia, con i soliti piatti canadesi, come la torta di zucca, la salsa di mirtilli rossi, il tacchino, il prosciutto, il ripieno, il purè di patate, le verdure e l'insalata di cavolo. Gerald di solito intagliava il tacchino mentre io organizzavo tutto il resto. Poi facevamo il giro della tavola e tutti, anche i più piccoli, dicevano per cosa erano grati nell'ultimo anno. Mi ricordai della dichiarazione del piccolo Kevin che era il più grato per "Bampa", il nonno. Quel giorno gli occhi di Gerald si erano illuminati come il sole che esce da una nuvola dopo diversi giorni di pioggia.

Mia figlia mi ha suggerito di "ospitare" una cena virtuale del Ringraziamento. Il suo cuore era nel posto giusto, ma l'idea era assurda. Da sola avrei preparato una cena a base di tacchino e l'avrei mangiata guardando "Il Ringraziamento di Charlie Brown".

Quindi, torniamo a me, seduto qui in questa maledetta automobile, con i finestrini oscurati, troppo spaventato per uscire dalla macchina. Mentre i miei occhi vagano sul marciapiede, scorgo Sonny ed Evelyn Marshall e, prima che io abbia la possibilità di abbassarmi, loro vedono me. Si dirigono verso di me. Hanno saputo della morte di Gerald e vogliono rendergli omaggio, ma ormai è troppo tardi per mettere in moto l'auto e uscire dal parcheggio.

Davanti all'auto, con il passamontagna, Sonny batte sul mio finestrino, mentre Evelyn si avvicina al lato del passeggero.

"Ciao", dico attraverso i finestrini chiusi. Il mio telefono squilla. Lo indico, facendo capire che devo occuparmi di una chiamata, poi vedo chi è il chiamante: è Evelyn in linea. "Salve, di nuovo", dico, mentre Sonny passa davanti alla mia auto, si ferma brevemente a guardarmi attraverso il parabrezza, prima di spostarsi e raggiungere sua moglie.

Evelyn dice: "Abbiamo saputo di Gerald. Siamo profondamente dispiaciuti e volevamo solo passare a dirtelo. Inoltre, per dirvi che se avete bisogno di qualcosa, qualsiasi cosa, chiamateci. Vorremmo esservi vicini il più possibile durante questa pandemia". Sonny mise un braccio intorno alla moglie.

"Sto bene", dico. "Grazie per la gentile offerta e per essere passato". Riattacco e metto giù il telefono sperando che se ne vadano.

Sonny dice qualcosa, e normalmente saprei cosa, dato che sono abbastanza bravo a leggere le labbra, ma con queste maschere chiunque può dire qualsiasi cosa. Lui ed Evelyn salutano mentre tornano sul sentiero e se ne vanno.

Li osservo mentre uniscono le mani e diventano sempre più piccoli. Quando se ne vanno, un corvo nero si posa sul cofano della mia auto e mi guarda attraverso i vetri oscurati. Abbasso il finestrino e dico: "SHOO!".

Il corvo si muove verso di me, si arruffa le piume e risponde con un provocatorio "CAW, CAW!".

Riabbasso il finestrino e lo guardo camminare sul cofano della mia auto. Lasciando una scia di impronte di uccelli sul mio veicolo impolverato. Accendo il motore e spruzzo acqua sul parabrezza. L'uccello non si muove. Muovo i tergicristalli più volte. L'uccello mi guarda, scuote la testa e poi fa la cacca. Suono il clacson e guardo come si alza, si libra, fa ancora un po' di cacca, questa volta colpendo il faro prima di decollare verso l'acqua.

Un gruppo di corvi si chiama omicidio. Quando Gerald è morto, a causa di un virus creato dall'uomo che si è scatenato sul nostro pianeta, la sua morte non è stata definita un omicidio, anche se avrebbe dovuto esserlo.

Frugo nella mia borsetta e tiro fuori la maschera. Infilo un anello nell'orecchio destro e il secondo in quello sinistro. Mi assicuro che sia posizionata correttamente, sopra il naso e sotto il mento. Esco dall'auto e vado alla luce del sole.

Brava, dice Gerald, mentre un gruppo di corvi forma un cerchio sopra la mia testa mentre salto davanti a un veicolo in movimento.

# SANS MASQUE

LUI STAVA DA UN lato della stanza e lei dall'altro.

Entrambi vestiti - o vestiti in modo eccessivo - è il modo in cui lei percepì il suo aspetto. Lucido era la prima parola che le veniva in mente, ma qualcosa in lui sembrava troppo elegante. Come se volesse che lei si innamorasse di lui più di quanto non lo fosse già.

Almeno lui si era presentato, anche se lei si era rifiutata di fare ciò che lui le aveva chiesto e questo era il loro primo incontro di persona.

Si erano conosciuti tramite un'app di incontri. Non c'è nessuna legge che lo vieti, per ora. Con il tempo hanno sviluppato una relazione. Lui concludeva sempre i suoi messaggi con un'emoji del cuore. Lei concludeva sempre con un "Vostro", come se stesse concludendo una lettera. Era una novellina dello scenario delle app di incontri, ma con le severe leggi sulla pandemia in vigore, in quale altro modo avrebbe potuto incontrare qualcuno?

Dopo poco più di due mesi di messaggi ed e-mail, lui le chiese di incontrarla di persona. Lei accettò con riluttanza. In un certo senso, se non si fossero mai incontrati, avrebbe potuto immaginare che lui fosse tutto ciò che faceva credere di essere. Ma soprattutto, non voleva sembrare troppo ansiosa o disperata.

Lui si era dato tanto da fare, organizzando tutto, compreso il luogo in cui intendeva portarla. All'inizio non riusciva a credere alla sua fortuna. Mentre aspettava che lui le confermasse i dettagli, le sue emozioni passavano dall'eccitazione allo scetticismo. Poteva davvero riservare un luogo così esclusivo solo per loro due? Quando lui le inviò i dettagli, lei emise una risata e rispose con una faccina sorridente. La prima della relazione.

Poi andò subito all'armadio e aprì le ante a specchio. Frugò tra gli appendiabiti, finché non trovò il suo vestito più costoso, quello che chiamava il suo abito elegante. Lo chiamava così in memoria della sua defunta madre. Si trattava di un numero di modello imitato che aveva acquistato online ed era il suo oggetto di moda più orgoglioso. Lo strinse a sé, guardandosi allo specchio e cercando di decidere con quali gioielli accentuarlo: diamanti finti o perle? Decise per il primo.

La mattina del grande evento si era svegliata presto per controllare la posta in arrivo. Si aspettava un sms o un messaggio che dicesse che lui aveva dovuto disdire. In realtà, una parte di lei sperava che lui disdicesse, ma la sua casella di posta elettronica era vuota e non c'erano stati messaggi. Era andata in cucina a prepararsi una tazza di caffè e poi aveva controllato di nuovo, nel caso lui si fosse fatto sentire. Questa volta guardò anche nella cartella della posta indesiderata: anch'essa era vuota.

Per tutto il giorno si tenne occupata. Prima fece un lungo bagno di vapore e si esfoliò. Seguì un pranzo leggero. Controllò ancora una volta la presenza di messaggi e, non trovandone nessuno, si acconciò i capelli e si curò le unghie. Prima di truccarsi, ha cercato sui social media. Non trovando tracce di attività recenti di lui, ha indossato il suo paio di tacchi più alti, quelli che le facevano sembrare le gambe più lunghe. Ha completato il look applicando uno strato di rossetto rosso mela candita e si è messa davanti allo specchio. Perfetto.

Tranne che per una cosa: la pochette abbinata. Vi trasferì il telefono e la carta di credito, poi tornò a prendere il rossetto e ora era pronta a tutto.

Mentre usciva dalla porta di casa e si applicava la maschera, arrivò il taxi. L'aveva prenotato la sera prima, assicurandosi di non arrivare troppo tardi o troppo presto. Voleva che il momento fosse perfetto per il loro primo incontro in carne e ossa.

***

Passò la giornata a ricontrollare tutto, come faceva sempre in queste occasioni.

Non vedeva l'ora di incontrarla finalmente di persona. Online sembrava più timida e ingenua di tutte le altre con cui aveva chattato. Sembrava così timida, così irreale che si era rifiutata di inviargli una sua foto nuda. Nuda nel senso di senza maschera.

Prima che lei accettasse di incontrarlo, lui aveva dovuto rassicurarla che le linee guida sarebbero state seguite. Beh, non solo seguite, per così dire, cioè lei richiedeva nientemeno che la sua personale garanzia che non sarebbero stati interrotti.

Quando i leader di tutto il mondo caddero, il governo internazionale si formò per colmare il vuoto. Con l'I.G. al timone, il mondo ha richiesto pene più severe per i teppisti che non rispettano le distanze sociali. I neo-costituiti International Pandemic Associates (I.P.A.) furono autorizzati a far rispettare le leggi sull'allontanamento sociale con ogni mezzo necessario.

Dopo la caduta dei leader mondiali si è scatenata una feroce protesta pubblica. I social media furono inondati di disinformazione. La gente ha chiesto giustizia, scendendo in strada con cartelli e segni di pace. Quando non è stato possibile metterli a tacere e le prigioni si sono riempite fino all'orlo, le esecuzioni pubbliche sono state inserite nella legge.

In tutto questo, era riuscito a tenersi stretto il suo denaro e non aveva paura di usarlo quando andava a suo vantaggio. Aveva unto qualche palmo per prenotare il locale, assumere il personale e assicurarsi che rimanessero indisturbati. L'occhio che li osservava sul posto non poteva farci nulla. Le telecamere di sorveglianza erano ovunque.

Il suo smoking era stato ritirato ed era ancora avvolto nella copertura di plastica che indossava durante il viaggio di ritorno dalla tintoria. Era rimasto in quarantena nel garage fino a quando non sarebbe stato necessario. La prudenza non è mai troppa. Il tempo standard per la quarantena dei tessuti è di quarantotto ore. Per cautela, era stato lasciato in garage per un'intera settimana.

Quando fu completamente vestito, l'ultima cosa che fece fu applicare la maschera prima di entrare nel suo veicolo. C'era poco traffico e il parcheggio era facile.

Voleva che tutto fosse perfetto.

Proprio come sperava che fosse lei.

***

Scese dal taxi sul marciapiede e chiuse il varco tra sé e il locale.

Per terra, scritto con il gesso sul marciapiede, c'era un messaggio indirizzato a lei. Si leggeva: "Tesoro, seguimi". Lei sorrise e seguì la scia di cuori incisi sulle pietre. Ogni tanto le sue dita cercavano rassicurazioni dalla maschera che le copriva il viso. Ormai era come un altro strato di pelle.

Entrò nelle porte aperte, seguendo altri cuori che la conducevano lungo il corridoio.

Infine, arrivò sperando che il suo vero amore, la sua anima gemella, la stesse aspettando.

***

Dall'altra parte della stanza i loro occhi si incontrarono. Lei nel suo abito nero senza maniche e lui nel suo smoking nero.

"Sei venuta!", disse lui con voce fortemente affermativa.

"Sì", rispose lei in un sussurro senza fiato.

Rallentò il battito del suo cuore, osservando la stanza. L'attenzione ai dettagli era impeccabile. La tavola era apparecchiata per due, con le migliori porcellane, cristalli e argenti. Il tavolo si estendeva per tutta la lunghezza della stanza. Al centro un magnifico candelabro irradiava romanticismo.

"Prego, accomodatevi", disse lui.

Lei si sedette alla sua estremità e lui alla sua. Prima che potesse calare un silenzio imbarazzante, lui batté le mani. Due camerieri arrivarono da una porta che lei non aveva notato. Vestiti dalla testa ai piedi con tute intere che non avrebbero stonato sulla luna, si avvicinarono. Con le mani guantate riempirono i flute di champagne e le loro coppe con un leggero consumo.

Lui fece scattare il lato del suo bicchiere con una posata e lei fece lo stesso. Un tempo, ai matrimoni, questo rituale veniva eseguito per chiedere agli sposi di scambiarsi un bacio. Il solo pensiero di smascherarsi in pubblico la faceva rabbrividire. In questo nuovo mondo pandemico, il tintinnio indicava che l'iniziatore voleva offrire un brindisi.

"A voi", disse lui, alzando il bicchiere.

"A noi", disse lei, arrossendo furiosamente, nascosta sotto la maschera.

I camerieri arrivarono periodicamente portando vassoi. Dopo l'ultima presentazione di ciliegie giubilari flambate, i camerieri si inchinarono. Questo indicava che non sarebbero tornati.

"Se solo potessi baciarti", disse lui, a voce più alta di quanto avrebbe voluto, ma abbastanza alta da giustificare la sua maschera.

Queste parole la infiammarono. Prima di rendersi conto di quello che stava facendo, si era alzata e gli aveva dato un bacio. Si sedette di nuovo e immaginò che il bacio fluttuasse nell'aria attraverso il tavolo come una piuma.

Lui lo prese e se lo premette sulle labbra. "Non è abbastanza", disse.

Lei lanciò di nuovo la sedia. Il suono della sedia rimbalzò nel silenzio.

I suoi tacchi alti fecero click-clack mentre attraversava il pavimento. Inciampò per l'eccitazione mentre si dirigeva verso di lui lungo il tavolo.

Mentre si dirigeva verso di lui, l'aria condizionata diffondeva il suo dolce profumo nella sua direzione. Fino a quel momento, era stato testimone solo dei suoi occhi blu corallo e dei piccoli lobi delle orecchie sotto i quali erano incastonati i lacci della maschera. Il cuore gli batteva così velocemente che era certo che gli sarebbe scoppiato dal petto. Per calmarsi, girò e rigirò la fede al dito, chiedendosi se questa ragazza ne valesse la pena. Era abbastanza per lui da rischiare di infrangere la legge? Sarebbe morto per lei?

"Fermati!" gridò, alzando violentemente la mano in aria come una guardia giurata arrabbiata.

Lei, ancora in volo, si morse il labbro sotto la maschera.

Lui fissò la maschera al suo posto.

Mentre l'occhio nel muro lampeggiava dietro di lei, lui sussurrò: "Ho dimenticato di dire che sono sposato?".

Lei continuò a correre verso di lui, mentre le porte dietro di lui si aprivano.

"Ho dimenticato di dire che faccio parte dell'IG?", chiese lei, mentre i due uomini in tuta spaziale lo scaraventavano a terra con il taser.

# Ringraziamenti

Cari lettori,

Grazie ai meravigliosi amici, alla famiglia e al team di persone che hanno sostenuto me e la mia scrittura nel corso degli anni dal punto di vista emotivo, oltre a quelli di voi (sapete chi siete) che mi hanno assistito in questioni tecniche come la correzione delle bozze, l'editing, ecc.

Grazie a tutti voi un milione di volte!

E, come sempre, buona lettura!

Con affetto,

Cathy

# Sull'autore

Cathy McGough vive e scrive in Ontario, Canada, con il marito, figlio, i loro due gatti e un cane.

# Anche da

NARRATIVA: IL BAMBINO DI TUTTI; IL SEGRETO DI RIBBY;

INTERVISTE A SCRITTORI LEGGENDARI DELL'ALDILÀ (2° POSTO MIGLIOR RIFERIMENTO LETTERARIO 2016 METAMORPH PUBLISHING)

NON FICTION:

103 IDEE PER LA RACCOLTA DI FONDI PER GENITORI VOLONTARI CON SCUOLE E SQUADRE 3° POSTO MIGLIOR RIFERIMENTO 2016 METAMORPH PUBLISHING).

+

OLTRE A UNA SELEZIONE DI LIBRI PER BAMBINI E GIOVANI ADULTI

www.ingramcontent.com/pod-product-compliance
Lightning Source LLC
Chambersburg PA
CBHW030132010826
48973CB00002B/528

* 9 7 8 1 9 9 8 4 8 0 3 8 8 *